너의 퀴즈 君のクイズ YOUR OWN QUIZ

너의 퀴즈

君のクイズ
YOUR OWN QUIZ

오가와 사토시 장편소설

문지원 옮김

블루홀드 6

하얀 불빛 속에 있었다.

하체 감각이 사라져 마치 허공에 붕 떠 있는 기분이었다. 분명 오랜 시간 진행된 생방송으로 바짝 긴장했다가 풀어졌다가를 반복했기 때문이리라.

긴장과 완화.

코미디언들이 개그의 기본으로 꼽는 만담 이론 '긴장과 완화'를 주장한 간사이 지방 대표 만담가는……. 나는 머릿속으로 생각하며 재빨리 버튼을 눌러 '가쓰라 시자쿠'라고 대답했다. 내 사고는 자주 퀴즈로 뻗어간다. 아무리 진지한 생각에 잠겼다 하더라도 어느새 퀴즈로 이어져 문제를 풀고 있을 때가 많다.

고개를 들어 주위를 둘러봤다.

눈부신 TV용 조명 때문에 스튜디오에 있는 방청

객 백 명의 얼굴은 보이지 않았다. 옆에 서 있는 대결 상대 혼조 기즈나의 옆모습을 쳐다봤다. 곧게 뻗은 콧날에 땀방울이 맺혀 있었다.

눈을 감았다.

혼조 기즈나의 기척이 점점 사라졌다. 프로그램 MC를 맡은 코미디언과 여배우도, 관객석에 있을 부모님과 형도, TV로 생방송을 보고 있을 수많은 친구도 세상 어디에도 없다. 나는 그저 새하얀 빛 속에 있고 눈앞에는 퀴즈만 존재한다. 몇 년에 한 번 이런 상태가 되고는 한다. 운동선수에 비유하면 '초집중 상태' 같은 것일지도 모른다.

'타격의 신'이라고 불리며 '공이 멈춘 것처럼 보인다'는 말로 유명한 요미우리 자이언츠의 선수이자 감독이었던 인물은…….

가와카미 데쓰하루.

퀴즈가 멈춘 듯 보인다. 그렇게 표현하고 싶을 정도로 머리가 빠르게 돌아갔다.

오른손을 뻗었다. 퀴즈가 손바닥에 안개처럼 녹아들었다. 새 퀴즈가 떠올랐다가 다시 사라졌다. 그동안 내가 만난 퀴즈와 앞으로 내가 만나야 할 퀴즈가 몸 주위를 맴돌았다.

나는 제1회 'Q-1 그랑프리'의 결승 진출자로서 롯폰기 스튜디오의 출전자 자리에 서 있다.

이제 열다섯 번째 문제가 나올 차례다. 일곱 문제를 먼저 맞히는 사람이 이기는 퀴즈대결에서 나는 지금까지 여섯 문제를 맞혔다. 대결 상대인 혼조 기즈나는 다섯 문제를 맞혔으니 내가 다음 문제를 맞히면 제1회 'Q-1 그랑프리'의 우승자가 된다.

상금은 1천만 엔. 지금까지 손에 쥐어본 적 없는 거금으로 나름대로 인생을 바꿀 만한 액수였다.

그날 내 컨디션은 퀴즈 인생을 통틀어 최고였다. 버튼을 눌러야 할 시점에 눌렀고 약한 분야의 문제도 몇 가지 포인트를 포착했다. 무엇보다 이 큰 무대에서 긴장하지 않고 퀴즈를 즐겼다. 퀴즈가 이렇게나 즐거웠던 적이 있던가? 좀처럼 기억나지 않았다.

내가 이기리라 생각했다.

물론 혼조 기즈나가 강한 상대라는 사실은 잘 알았다. 알았다기보다 결승전에서 대결하는 동안 그가 강하다는 사실을 깨달았다. 솔직히 말하면 어제까지만 해도 혼조 기즈나를 얕잡아봤다. 고지엔[1] 사전을

---

[1] 일본의 대표적인 출판사 이와나미쇼텐에서 발행하는 일본어 사전.

통째로 암기하기만 한 방송인일 뿐 퀴즈를 겨룰 수 있는 상대는 결코 아니라고 생각했다.

그런데 현실은 달랐다. 나란히 서서 버튼을 먼저 누르는 사람이 답을 맞히는 대결을 해보니 뼈저리게 알 수밖에 없었다. 혼조 기즈나는 퀴즈라는 경기를 공부했다. 짧은 기간에 얼마나 노력했을지 상상도 할 수 없을 정도로.

그래도 어떤 문제가 나오든 혼조 기즈나보다 내가 먼저 정답을 찾으리라 확신했다. 나는 10년 넘게 매일같이 꾸준히 퀴즈를 풀었다. 벼락치기 한 사람에게 지지 않는다. 퀴즈 경기를 하는 동안에는 반드시 이길 수 있다. 반드시 이긴다. 자기 암시를 하듯 되뇌었다.

반드시 이긴다.

스튜디오에 정적이 내려앉았다. 귀를 기울이면 자신의 심장 소리가 들리는 것만 같았다. 착각이리라. TV나 영화 연출에서와 달리 사람은 인체 구조상 자신의 심장 소리를 듣지 못한다. 정말로 들었다면 틀림없이 귓병이다. '박동성 이명'이다. '박동성 이명'이 정답인 퀴즈와는 만난 적 없다. 상당히 전문적인 문제라서 퀴즈에 적합하지 않기 때문이겠지. 하지만 나는 퀴즈와 관계없이 이 용어를 안다. 2년 전에 어머니가 이 병에 걸렸기 때문이다.

좋아, 나쁘지 않다.

내 머리는 제대로 돌아가고 있다.

'불직구'라고 불리며 회전이 뛰어난 직구로 유명한 전 한신 타이거스 야구선수는…….

후지카와 큐지.

내 머리는 후지카와 큐지의 직구처럼 회전했다.

광고가 끝난 뒤 진행자가 말했다.

"자, 결승 무대도 이제 막바지에 치달았습니다. 과연 다음 문제에서 퀴즈의 왕이 탄생할 것인가. 아니면 혼조 기즈나가 끈질기게 추격할 것인가."

나는 눈을 천천히 뜨고 숨을 들이마셨다가 뱉었다. 손 바로 앞에 있는 버튼의 감촉을 손끝으로 확인했다. 디렉터가 신호를 보냈다. 아나운서가 심호흡한 뒤 입을 열었다.

"문제……"

동시에 관객석에서 누군가의 목소리가 들렸다.

"이제 한 문제 남았어."

한 문제만 더 맞히면 우승이다.

집중했다. 퀴즈에 백 퍼센트 집중했다.

"불교에서 극락정토에 산다고 하며, 그 아름다운

목—”

버튼을 눌렀지만 정답 우선권을 나타내는 불빛은 대결 상대인 혼조 기즈나의 램프에 들어왔다. 한발 늦었다. 방심해서가 아니었다. 혼조 기즈나가 버튼을 누른 시점이 지나치게 완벽했다.

가만히 생각했다.

'아름다운 목—'이면 '아름다운 목소리'밖에 없다. 극락정토에 살면서 아름다운 목소리를 지닌 존재. 정답은 하나뿐이다. 지식만 있으면 정답을 맞힐 수 있는 문제다. 그리고 혼조 기즈나는 누구보다도 지식이 넓다.

카메라맨의 발치에 커다란 모니터가 있고 그 화면에는 TV에 방송되는 우리 모습이 나왔다.

정답 우선권을 얻은 혼조 기즈나는 한 지점을 응시한 채 기억의 서랍을 뒤적여 필사적으로 정답을 찾았다. 그는 칼능선을 걷는 등산가다. 양옆에 깎아지른 절벽이 있고 한 걸음만 삐끗해도 나락으로 떨어진다. 답을 찾지 못해도, 오답을 말해도 실패다.

나는 상대가 압박감을 느끼도록 설마 그 정도 답도 모르냐는 표정을 최대한 지어 보였다.

그러나 꼼수는 통하지 않았고, 혼조 기즈나는 안다는 표정을 지었다.

혼조 기즈나가 호흡을 가다듬고 대답했다. 큰 목소리로 자신 있게.

"가릉빈가."

딩동댕.

정답을 알리는 소리가 났다.

"오오!"

관객석에서 박수가 터져 나왔다.

6 대 6.

이로써 동점이 됐다. 다음 문제에서 우승자가 결정된다. 관객석의 박수가 함성으로 바뀌었다.

나는 천천히 눈을 깜빡였다. 하얀빛이 부옇게 녹아들었다. 바로 앞에 있는 모니터에는 조금 전 출제된 문제와 진지한 표정으로 한 지점만 응시하는 혼조 기즈나의 모습이 나왔다.

Q. 불교에서 극락정토에 산다고 하며, 그 아름다운 목소리는 법음을 전하는 아미타불의 목소리로 비유되기도 합니다. 상체는 사람이고 하체는 새인 이 생물은 무엇일까요?

A. 가릉빈가.

분위기가 팽팽했다. 결승전 내내 한 문제가 끝날

때마다 상황을 전해 듣던 진행자도 분위기를 감지한 듯했다.

"드디어 마지막 문제입니다. 이 문제로 우승자가 결정됩니다. 자, 제1대 'Q-1 그랑프리' 퀴즈왕은 과연 누가 될까요. 미시마 레오일까요, 혼조 기즈나일까요."

진행자가 고개를 살짝 끄덕이며 다음으로 넘어가라는 신호를 보냈다. 모니터에 비치는 아나운서가 다시 숨을 들이마셨다. 스튜디오 전체가 정적에 휩싸였다.

"문제……"

드디어 마지막이다. 1천만 엔. 이 문제에 1천만 엔의 가치가 있다는 사실을 어렴풋이 의식했다.

버튼에 올려놓은 오른손이 긴장으로 가늘게 떨렸다. 문제를 읽는 진행자가 숨을 들이마시고 입을 다물었다.

그 순간이었다.

삐―

버튼을 누르고 램프에 불이 들어오는 소리가 들렸다. 실수로 버튼을 눌렀나 싶어 황급히 램프를 확인했지만 불은 켜져 있지 않았다. 바로 옆에 있는 혼조 기즈나를 쳐다봤다. 그 램프가 붉게 빛나고 있었다.

'아아, 이런 실수를 하다니.'

가장 먼저 든 생각이었다. 혼조 기즈나에게 동정심이 들었다.

아직 문제를 한 글자도 읽지 않았다. 한 글자도 읽지 않았다는 것은 이 세계를 구성하는 모든 사물 중에서—즉 무한대인 선택지 중에서— 답을 찾아내야 한다는 의미다. 우승을 결정 짓는 중요한 문제에서 혼조 기즈나는 실수로 버튼을 누르고 말았다. 'Q-1 그랑프리'는 생방송이다. 이 순간을 수백만 명이 목격했다. 마지막 문제 부분만 다시 촬영해서 그의 실수를 없던 일로 할 수 없다.

혼조 기즈나는 이미 오답을 두 번 말했다. 한 번더 틀리면 실격이다. 규칙이 그러했다.

'아무튼 승리는 승리다.'

바라던 마무리는 아니지만 어쨌든 1천만 엔은 내차지였다. 혼조 기즈나에게는 안타까운 현실이지만.

관객도 진행자도 제작진도 모두 혼조 기즈나의 실수를 눈치챘다. 무대 끝 사각지대에서 지켜보던 프로듀서가 당황한 모습으로 헤드셋을 향해 뭐라고 말했다. 돌발 상황에 곤혹스러워하는 소리가 퍼져나갔다.

"엄마. 클리닝 오노데라예요."

혼조 기즈나가 말했다.

"응?"

나는 무심코 소리를 내고 말았다. 극도로 긴장해서 혼조 기즈나의 머리가 이상해진 것 아닌가 의심이 들었다. 옆으로 고개를 돌려 그를 쳐다봤다. 그는 여전히 무표정한 얼굴로 정면을 응시하고 있었다. TV에서 여러 번 본 표정이었다. 해야 할 일을 마친 뒤 세상이 자신을 따라오기를 기다리는 표정.

'설마⋯⋯.'

심장이 거세게 두근거렸다. 자신이 있나?

그런데 도대체 어떤 기준으로 문제를 한 글자도 듣지 않고 정답을 내놓았을까.

나는 진행자의 얼굴을 본 뒤 무대 옆에서 문제를 읽던 아나운서의 얼굴을 쳐다봤다. 진행자는 의아한 얼굴이었고 아나운서는 눈을 휘둥그레 뜨고 놀란 표정이었다. 스튜디오는 묘하게 쥐 죽은 듯 고요했다.

"어떻게 하지?"

무대 뒤 제작진이 소곤거리는 소리가 들렸다.

"괜찮겠어?"

또 다른 소리도 들렸다.

"엄마. 클리닝 오노데라예요."

혼조 기즈나가 다시 한번 말했다.

그로부터 약 10초가 지난 후.

딩동댕.

정답을 알리는 소리가 울렸다. 무대 양옆에서 하얀 연기가 세차게 뿜어져 나오며 머리 위에서 종이 꽃가루가 흩날렸다.

그 순간에도 나는 무슨 일이 일어났는지 파악하지 못했다. 프로듀서가 글자가 적힌 스케치북을 들어 보였다. 진행자가 반신반의하며 그 문구를 읽었다.

"여러분, 믿어지십니까! 우승자가 탄생했습니다. 제1회 'Q-1 그랑프리' 영예의 제1대 퀴즈왕은 혼조 기즈나입니다!"

진행자의 말에 마침내 나는 상황을 파악했다.

혼조 기즈나가 이겼다.

문제를 듣기도 전에 버튼을 누르고 정답을 맞혔다.

수표가 인쇄된 패널을 든 광고주가 무대 뒤에서 등장했다.

나는 어안이 벙벙해서 무대 위에 못 박힌 듯 서 있었다.

무대는 종이 꽃가루와 연기로 거의 아무것도 보이지 않았다. 몇 번이나 눈을 비비며 눈앞에서 벌어지는 일이 현실인지 확인했다. 고개를 치켜드니 종이 꽃가루가 입으로 들어왔다. 오른손으로 입에서 꺼낸 종이 꽃가루를 영문도 모른 채 주머니에 집어넣었다. 그 언저리부터 머리가 새하애져서 방송이 끝나고 대기실로 돌아올 때까지 기억이 없었다.

Q

방송이 끝난 후 대기실에 혼조 기즈나는 없었다. 그 대신 결승에 진출하지 못한 출연자 여섯 명이 준비된 파이프 의자가 아닌 바닥에 나란히 앉아 문을 노려보고 있었다. 마치 공민권 운동에 참여한 사람들 같았다.

마틴 루터 킹 목사, 짐 크로법, 몽고메리 버스 보이콧.

퀴즈대결은 이미 끝났는데 머릿속에 저절로 미국 공민권 운동과 연관된 키워드가 떠올랐다. 공민권법이 제정된 해는 1964년이었던가. 케네디 암살이 1963년이고 그 이듬해였던 것 같다. 나는 스마트폰으로 '공민권법'을 검색해 연도를 확인했다.

1964년.

맞다. 맞지만 의미 없는 정답이다.

나는 우승하지 못했다.

얼굴을 들었다. 답답하고 우울한 분위기에 짓눌리는 기분이었다. 진검승부를 마쳤다는 해방감은 없고 '퀴즈가 더럽혀졌다'는 불쾌감과 분노만 가득했다. 나는 조금 망설이다가 여섯 사람 앞에 털썩 앉아 최대한 불만스러운 표정을 지었다. 그렇게 행동하는 것이 옳다고 생각했다. 뒤를 보니 나란히 입구를 노려보는 여섯 얼굴이 마치 러시모어산의 석상 같았다.

미국 사우스다코타주 블랙힐스에 있는 러시모어산 국립 기념 공원의 화강암 언덕에 새겨진 미국 대통령을 모두 답하라.

조지 워싱턴, 토머스 제퍼슨, 시어도어 루즈벨트, 에이브러햄 링컨.

준결승 참가자들과는 모두 아는 사이다. 평소 오픈 대회에서 자주 만나는 사람. 고등학생 퀴즈 대회 때 같은 숙소에 묵었던 사람. 예전에 출연한 TV 퀴즈 프로그램에서 대결한 사람. 대학 퀴즈 연구회 선배⋯⋯. 나를 제외한 퀴즈 플레이어 여섯 명은 일이 커지겠다며 저마다 떠들어 댔다. 자리에서 일어나려는 사람은 한 명도 없었다. 구체적인 말을 나누지는 않았지만 이대로 혼조 기즈나의 우승이 인정되어서는 안 된다는 점에는 모두 동감했다. 만약 부정행위가 드러나면 상금 1천만 엔은 어떻게 분배될까. 왜인지 '지금 자리를 뜨는 사람은 상금 받을 권리를 잃는다' 같은 분위기가 감돌아서 누구 한 명 자리에서 움직이려고 하지 않았다.

잠시 후 젊은 남자 스태프가 대기실에 들어왔다. 귀가용 택시를 준비하려는 듯 출연자들에게 집 주소를 물었다.

"어떻게 된 일인가요? 혼조 기즈나는 문제를 듣기도 전에 정답을 맞혔는데요."

출연자 한 명이 스태프에게 물었다.

"퀴즈 관련해서 저는 모릅니다. 택시 티켓을 나누어 드릴 테니 귀가하실 주소를 알려주시면 감사하겠습니다."

남자가 대답했다.

"이런 상황에서요?"

다른 출연자가 물었다.

"조금 후에 청소해야 해서 스튜디오를 비워야 합니다."

대화가 미묘하게 어긋났다.

"아무 설명도 없이 그냥 돌아가라는 말입니까?"

"저는 아무것도 모릅니다."

남자가 말했다. 이 사태를 잘 모르는 눈치였다. 그저 택시 티켓을 나눠주고 오라는 누군가의 지시에 따라 대기실에 왔을 뿐이었다.

"그럼 사카타 씨를 여기로 불러주세요. 어떻게 된 일인지 사카타 씨에게 직접 들을 테니까. 이런 일이 있어서는 안 되죠."

사카타 씨는 이 프로그램의 총연출자인 사카타 야스히코였다.

"PD님은 광고주를 응대하느라 오늘은 시간이 없다고 들었습니다."

"시간이 없다고요? 이런 짓을 해놓고도 광고주를 우선하는 겁니까?"

출연자 한 명이 말했다.

"죄송합니다."

남성 스태프가 사과했다.

"이게 죄송하다고 끝날 일이에요? 설명을 하시라고요."

"죄송합니다. 나중에 설명해 드릴 테니 오늘은 제발 돌아가 주세요."

스태프는 아직 20대 초반으로 보였다. 눈물이 맺혀 있었다.

출연자 중 나이가 가장 많은 가타기리 씨. 조지 워싱턴 위치에 앉아 있던 35세 남성이 비꼬는 어투로 말하며 자리에서 일어났다.

"뭐, 말단 직원을 아무리 닦달해 봤자 소용없겠
죠. 이분도 곤란한 듯하고. 나중에 제대로 설명해 준
다는 말이죠?"

프로그램을 향한 불만과 남성 스태프에 대한 연
민이 반씩 섞인 말투였다.

"그럴 것 같습니다."

스태프가 힘없이 고개를 끄덕였다.

"제대로 해명하지 않으면 가만히 안 있을 겁니다."

가타기리 씨가 으름장을 놓았다.

"네."

스태프가 고개를 숙였다.

왜인지 여럿이서 한 사람을 괴롭히는 기분이 들
어 마음이 불편했다.

"알겠습니다."

가타기리 씨의 말에 다른 출연자들도 차례로 자
리에서 일어났다.

대기실을 나갈 때 스태프와 눈이 마주쳤다. 남자
는 엉겁결에 시선을 피했다. 나는 '노려보는 것'과
'바라보는 것' 사이의 느낌으로 그를 물끄러미 응시
했다. 남자는 결코 돌아보지 않았다. 나는 그가, 왜
울었는지 그 이유를 찾으려고 했다. 이 결말에 불만
이 있다는 뜻일까. 아니면 자신보다 나이 많은 출연

자들에게 둘러싸여 질문 공세를 받아서 겁먹었을 뿐일까.

"가자."

가타기리 씨가 말할 때까지 나는 대기실 문 앞에 서 있었다. 결국 눈물의 이유는 알 수 없었다.

우리는 마지못해 귀가했다. 나는 집 방향이 같은 준결승 대결자 도미즈카 씨와 함께 택시를 탔다. 도미즈카 씨는 나보다 여덟 살 많다. 대학에서 퀴즈를 시작했다고 들었다. 주특기는 일본사로, 'abc[2]'의 1차 라운드인 필기시험에서 1위를 차지하기도 했고 수많은 오픈대회에서 우승한 경험도 있다. '최근 퀴즈 강자 다섯 명'을 꼽으라고 하면 퀴즈 플레이어 대부분이 도미즈카 씨를 후보자로 꼽으리라. 준결승 때는 컨디션이 좋았던 내가 초반 세 문제를 먼저 맞히면서 기세를 이어가 간신히 이길 수 있었지만 1차 라운드를 통과한 뒤 대진표가 정해졌을 때는 솔직히 혼조 기즈나보다 도미즈카 씨가 더 강적이라고 생각

---

2 일본 최대 학생 퀴즈대회로 대학 4학년까지 참가할 수 있다. 1차 라운드에서 3차 라운드까지 단계별로 출연자를 추린 뒤 패자 부활전을 진행한다. 이후 9명이 겨루는 준결승을 거쳐 마지막 3명이 결승에 진출해 우승자를 가린다.

했다.

집으로 돌아가는 길, 택시 안에서 도미즈카 씨가 내게 물었다.

"그래서, 실제로 어떻게 생각했어?"

"마지막 문제요?"

"그것도 그렇지만 다른 문제들도."

역시 경험 많은 플레이어인 만큼 도미즈카 씨는 결승 무대에서 벌어진 이해할 수 없는 현상을 모두 파악하고 있었다. 확실히 혼즈 기즈나는 마지막 문제에서 문제를 듣기도 전에 정답을 맞혔지만 사실 이상한 점은 그뿐만이 아니었다. 그전에도 수상쩍은 타이밍에 버튼을 누른 적이 몇 번 있었다.

"오히려 제가 묻고 싶어요. 도미즈카 씨는 어떻게 생각하세요?"

"했구나 싶었어. 예를 들어 결승전에서 4대3일 때 '노지마 단층' 문제가 나왔잖아? 그 문제도 말이 안 되는 시점에 버튼을 눌렀지. 하지만 뭐, 상대가 했는지 안 했는지는 실제로 대결한 사람이 가장 잘 알잖아. 나는 오늘 혼조와 직접 대결하지 않았으니까. 네 생각이 궁금해."

"솔직히 말해도 될까요?"

"그래, 솔직하게 말해줘."

"마지막 문제 전까지는 했다는 생각은 안 들었어요."

도미즈카 씨가, 그리고 누구보다 나 자신이 바라던 대답이 아니라는 사실을 알면서도 나는 솔직하게 대답했다.

했다는 '짬짜미를 했다'는 뜻이다.

도미즈카 씨는……. 아니, 도미즈카 씨뿐 아니라 다른 출연자들과 시청자 상당수는 오늘 대결이 혼조 기즈나의 승리를 위한 짬짜미였던 것 아닌가 의심할 터다. 그렇게 보이는 것이 당연했다. 한 글자도 듣지 않은 문제의 정답을 맞히려면 어떤 문제가 출제될지 미리 알고 있어야 한다.

시청자 대부분은 지명도가 높고 인기가 많은 혼조 기즈나를 응원했을 테지만 퀴즈 플레이어 중에 그가 우승하리라 생각한 사람은 아무도 없으리라. 그는 퀴즈 플레이어가 아니며 그러니 퀴즈대결을 할 수 없다고 생각했다.

"'노지마 단층'은?"

"확실히 엄청 빨리 누르기는 했지만 혼조 기즈나는 가끔 그렇게 터무니없는 타이밍에 버튼을 누를 때가 있어요. 그 사람 나름대로 자신이 있었을지도 모르고, 다른 선택지를 몰랐을 수도 있죠. 가능성은 희박하지만 예전에 똑같은 문제를 만든 적이 있었을 수도 있고요. 아무튼 단정할 수는 없어요. 그는 일반적인 퀴즈 플레이어가 아니니까."

결승 무대에서 내가 느낀 점을 가감 없이 말했다. 혼조 기즈나는 터무니없는 타이밍에 버튼을 누르는가 하면 일반적으로는 버튼을 누를 타이밍에 전혀 반응하지 않기도 한다. 그것은 그가 짬짜미에 가담했다는 증거가 아니라 숙련된 퀴즈 플레이어가 아니라는 증거다. 적어도 마지막 문제 전까지만 해도 나는 '짬짜미'의 '짬'도 의심하지 않았다.

"확실히 녀석이 버튼을 누르는 방식을 우리 기준으로 생각하는 건 의미가 없긴 하지."

"네."

혼조 기즈나는 '세상을 머릿속에 저장한 남자', '만물을 기억하는 남자', '퀴즈 마법사' 등으로 불린다. 물론 그는 세상을 머릿속에 저장한 사람도 아니고 만물을 기억하는 사람도 아니다. 마법 따위 부릴 줄도 모르는 사람이지만 암기력이 상상을 초월한다는 사실은 분명했다.

혼조 기즈나는 도쿄대 의학부 4학년 학생으로 스물두 살이다. 역대 미국 대통령뿐 아니라 역대 노벨상 수상자, UN 회원국의 국기와 수도, 국내 유명 사찰의 산호[3], 햐쿠닌잇슈[4]를 완벽하게 암기하는 등 압도적인 데이터베이스를 기반으로 적확한 답을 내놓는다. 퀴즈 플레이어로서 드물게 퀴즈 연구부 등에 소속된 이력도 없는 인물이다.

그는 재학 중에 '초인 열전'이라는 TV 프로그램의 '지능 초인' 코너에 출연해서 일본 헌법 조문을 전부 암기한 것으로 유명해졌다. '초인 열전'의 프로듀서였던 사카타 야스히코는 혼조 기즈나의 스타성을 알아보고 프로그램 안에 '지능 초인 결정전'이라는 새 코너를 만들었다. 혼조 기즈나는 그 코너에 출연해 수많은 전설을 만들었다. 일문다답 문제에서 모든 노벨문학상 수상자를, 2백 건이 넘는 세계자연유산을, J리그[5]에 가입한 모든 클럽을, 일본의 모든 하계올림픽 금메달리스트를 적었다. QR코드를 판독하거나 바코드만 보고 상품명을 맞히기도 했다.

그러나 그것들은 퀴즈와 관계없다. 퀴즈란 머릿속에 외운 지식의 양을 겨루는 것이 아니라 문제를

---

[3] 절 이름 앞에 붙는 칭호.
[4] 百人一首. 헤이안 시대 후기부터 가마쿠라 시대 전기까지 활동한 시인 후지와라노 사다이에가 일본을 대표하는 시인 백 명의 시를 한 수씩 뽑아 펴낸 것.
[5] 일본 프로축구리그.

맞히는 능력을 겨루는 것이기 때문이다. 혼조 기즈나는 암기 능력이 뛰어난 방송인이지 퀴즈 플레이어가 아니다. 퀴즈 플레이어인 우리는 다들 그렇게 생각했다.

"뭐, 일단 다른 문제는 제쳐두자고. 마지막 문제는 합리적으로 설명할 수 있을 것 같아?"

도미즈카 씨는 짬짜미를 의심하면서도 오늘 대회가 짬짜미가 아닐 가능성도 고려하는 눈치였다. 그 마음도 충분히 이해가 갔다. 과거에는 어땠는지 몰라도 적어도 요즘 TV 퀴즈 프로그램에서 짬짜미가 있었다는 이야기는 듣지 못했다. 상당히 의심스러운 상황도 있는 듯했지만 의혹과 유죄는 차이가 크다. 내가 아는 한 적어도 참가자들은 모두 같은 조건에서 싸우고 있다. 퀴즈 플레이어는 연예인이 아니라 평범한 퀴즈 마니아다. 각본이 존재하는 퀴즈대결과는 어울리지 않는다. 만약 짬짜미를 계획했다면 아무래도 티가 나기 마련이었다.

머릿속이 조금 복잡했다. 스스로도 어떻게 마무리되어야 바람직하다고 생각하는지 모르겠다. 혼조 기즈나에게는 화가 났다. 그는 마땅한 벌을 받아야 한다. 진검승부를 더럽혔기 때문이다. 그리고 만약 짬짜미 사실이 밝혀져 우승이 내게 돌아온다면 1천만 엔을 받을 수 있을지 모른다는 욕심도 있었다.

하지만 그와 동시에 짬짜미가 존재해서는 안 된다고도 생각했다. 일반인은 이해할 수 없는, 그러나 퀴즈 플레이어에게는 합리적인 버튼 빨리 누르기 방식 때문에 '퀴즈 따위 어차피 짜고 치는 고스톱 아닌가'라는 목소리를 그동안 몇 번이나 들어 지긋지긋했다. 짬짜미가 탄로나면 과거 자신이 거머쥔 트로피도 시궁창에 처박히는 기분이 들 것 같았다.

"저는 모르겠어요."

"모르겠다는 말은 짬짜미가 아닐 가능성도 있다는 뜻이야?"

"그것까지 포함해서 모르겠어요."

"그런데 말이야, 너 '엄마. 클리닝 오노데라예요'라는 거 알았어?"

"몰랐어요."

솔직하게 대답했다. 한 번도 들어본 적 없어서 방송이 끝난 뒤 대기실에서 스마트폰으로 검색해 봤다. 야마가타현을 중심으로 도호쿠와 호쿠리쿠 지역에 점포를 운영하는 세탁 체인점인 듯했다. 묘한 문제였다. 다른 문제들과도 출제 경향이 미묘하게 달랐고 그렇다고 '새로운 문제'라는 느낌도 아니었다.

"애초에 퀴즈 대회에 나올 법한 문제가 아니야.

나는 한 번도 들어본 적 없는 문제기도 하고.”

“네.”

“그런데 혼조는 어떻게 답을 맞혔지? 그 녀석 도쿄 출신 맞지?”

“네, 맞아요.”

“나는 짜고 쳤다고 생각해. 안 그러면 마법이야. 만물의 무한한 선택지 중에 마법을 부려 정답을 찾아낸 거지.”

나는 택시에서 내린 뒤에도 계속 생각에 잠겼다. 혼조 기즈나는 어떻게 답을 알았을까.

짬짜미일까? 아니면 마법일까?

어느 쪽이든 싫다.

퀴즈에 부정행위는 없어야 하고, 마찬가지로 마법도 없어야 한다. 퀴즈란 지식을 바탕으로 상대보다 빠르게, 그리고 정확하게 논리적으로 사고하여 정답에 이르는 경기다. 머릿속에 넣어둔 정보를 바탕으로 세계를 좁힌 다음 가능성이라는 가지를 점점 쳐낸다. 그렇게 세상의 가능성이 하나만 남을 때까지 좁힌다. 퀴즈는 대회 주최자의 입맛에 맞는 사람이 이기는 경기가 아니며 초능력 대결도 아니다.

집으로 돌아와서 SNS에 업로드된 우승 장면을

봤다.

"문제······"라는 소리가 들리자마자 혼조 기즈나가 버튼을 누른 뒤 "엄마. 클리닝 오노데라예요"라고 답했다.

화면에는 비치지 않지만 무대 뒤에 있던 제작진은 당황했고 문제를 읽으려던 아나운서의 얼굴은 새파랗게 질렸다. 화면 오른쪽에 있는 나는 초조하게 두리번거리며 주위를 둘러보다가 곤혹스러운 표정으로 시선을 내리깔았다.

"엄마. 클리닝 오노데라예요."

혼조 기즈나가 다시 대답했다. 잠시 침묵이 깔린 뒤에 딩동댕 소리가 울렸다.

새로운 사실은 전혀 발견할 수 없었다. 내가 무대에서 본 모습이 전부였다. 다만 당시 무대 위에 있던 내가 몰랐던 유일한 정보인, 본래 아나운서가 읽어야 했던 문제가 TV 화면에 적혀 있었다.

Q. '뷰티풀, 뷰티풀, 뷰티풀 라이프'라는 노래로 친숙합니다. 일기예보 프로그램 '프티웨더' 광고에 나온 적도 있고 독특한 로컬 CF로도 유명한, 야마가타현을 중심으로 네 개 현에 점포를 운영하는 세탁 체인점은 무엇일까요?

A. 엄마. 클리닝 오노데라예요.

혼조 기즈나가 버튼을 누르지 않았다고 해도 어차피 내가 맞힐 수 있는 문제는 아니었다. 무엇보다 지바 출신인 나는 대답할 수 없는 문제였다. 도쿄 출신인 혼조 기즈나가 어떻게 '엄마. 클리닝 오노데라예요'를 알고 있었을까. 전국 회전초밥 체인점이나 세탁 체인점을 통째로 외웠을까.

어쨌든 그는 위험부담을 안고 무리하게 버튼을 누르지 않아도 됐다. 문제를 천천히 듣고 나서 대답해도 충분히 이겼을 테고 그랬다면 의심받을 일도 없었다.

'그래, 맞아.'

나는 깨달았다. 혼조 기즈나는 그 시점에 버튼을 누를 필요가 없었다. 답을 미리 알았더라도 적어도 문제 시작 부분인 '뷰티풀'까지 듣고 나서 버튼을 눌러도 됐다.

'뷰티풀 라이프'일 수도 있고 '뷰티풀 마인드'일 수도 있다. 순간 아라시[6]나 GReeeeN[7]이 '뷰티풀 데

---

[6] 일본을 대표하는 5인조 아이돌 그룹으로 노래 중에 뷰티풀 데이즈가 있다.

이즈(Beautiful Days)'라는 곡을 부르는 장면이 떠올랐다. '뷰티풀 뷰티풀'만으로 '엄마. 클리닝 오노데라예요'라고 대답할 수 있는 퀴즈 플레이어는 세상에 없다는 사실 정도는 혼조 기즈나도 알 것이다. 조금만 기다렸어도 전국적으로 의심받을 일은 생기지 않았을 터다.

왜 그 시점에 버튼을 눌렀을까?

모르겠다.

상식적이지 않다는 것 외에는 전혀 모르겠다. 1천만 엔을 떠올렸다. 그 상금이 과연 내 것이 될까? 스태프는 나중에 설명하겠다고 했다. 모든 것은 그들의 '설명'인지 뭔지를 듣고 나서 결정된다.

'Q-1 그랑프리'는 아직 끝나지 않았다.

Q

"장기로 치면 명인전, 야구로 치면 일본시리즈 같은 퀴즈 대회를 만들 수 있지 않을까 생각했습니다."

---

7 멤버 전원이 치과의사인 일본의 4인조 보컬 그룹으로 노래 중에 뷰티풀 데이즈가 있다.

총연출자인 사카타 야스히코는 'Q-1 그랑프리'의 기획 의도를 이렇게 말했다. 프로그램 제작 각오를 밝힌 그 인터뷰가 TV 잡지에 실렸다.

"퀴즈라는 스포츠 시합에서 최고의 선수들이 최고의 경기를 펼친다. 상금은 1천만 엔. 그것만으로 프로그램을 만들 수 있겠다는 확신이 들었습니다."

"퀴즈 프로그램을 생방송으로 진행해야 하는데 부담은 없습니까?"

잡지 기자의 질문에 사카타 야스히코는 이렇게 대답했다.

"퀴즈는 스포츠입니다. 월드컵 경기를 녹화하고 편집해서 방송하나요?"

퀴즈에는 다양한 방식이 있다. 버튼 빨리 누르기, 필기 퀴즈, 보드 퀴즈……. 버튼 빨리 누르기에도 여러 방식이 있는데 오답을 말하면 벌을 받거나 이기는 데 필요한 정답 수가 다른 경우가 그러하다. 또 문제 형식과 분야, 난이도도 제각각이다. 수많은 퀴즈 대회가 존재하지만 대회마다 다양한 방식을 조합해 운영하며 통일된 규칙은 없다.

'Q-1 그랑프리'의 규칙은 이질적이다. 아무튼 엄격하다. 준결승도 결승도 7O3X 방식으로 토너먼트를 치른다. 7O3X란 '일곱 문제를 먼저 맞힌 사람이 이기고 오답을 세 번 말하면 탈락'이라는 버튼 빨리 누르기 퀴즈대결의 기본 형식이다. 문제는 분야를 가리지 않고 빈출 문제와 신작 문제가 골고루 출제된다. 열성적인 퀴즈 연구회 대학생도 엄두 내지 못할 정도로 어려운 규칙이었다.

'Q-1 그랑프리' 공식 사이트에 따르면 7천 명에 가까운 참가 희망자가 몰렸으며 1차 예선에서 필기시험으로 51명을 선발했다. 이 인원에 제작진이 직접 초대한 퀴즈 플레이어 13명을 더해 총 64명이 2차 예선을 치렀다. 나와 혼조 기즈나를 포함해서 준결승에 오른 8명 중 5명은 2차 예선부터 참가한 퀴즈 플레이어였다.

2차 예선은 4인 1조로 다섯 문제를 먼저 맞히는 사람이 이기고 오답을 세 문제 말하면 탈락하는 5O3X이었는데, 여기서 16명이 살아남았다. 3차 예선은 세컨드[8]와 함께하는 분야 선택식 7O3X로 결승전과 거의 같은 방식이다. 세컨드를 붙이는 이유는 일본민간방송연맹의 상금 상한액 규제를 피해 상금을 1천만엔으로 정하기 위한 목적이라고 한다[9]. 이렇게 7O3X

---

[8]   제한 시간 안에 함께 작전 회의 등을 할 수 있는 서포터.

에서 승리를 거머쥔 8명이 준결승 무대에 올랐다.

그리고 혼조 기즈나가 우승했다.

방송이 끝난 후 'Q-1 그랑프리' 공식 트위터 계정에는 2천 건이 넘는 댓글이 달렸다. 뜻밖에도 짬짜미라고 분노하는 댓글과 혼조 기즈나의 실력을 찬양하는 댓글이 거의 반반이었다. 나는 몰랐지만 혼조 기즈나가 '터무니없이 빠른 타이밍에 버튼을 누른' 일은 이번이 처음이 아닌 듯했다. 퀴즈 프로그램 'Q의 모든 것' 마지막 회 마지막 문제에서도 상식을 뛰어넘는 타이밍에 버튼을 누른 뒤 정답을 맞혀서 '한 글자 듣고 정답 맞히기'로 유명한 전설이 됐다고 한다.

다음으로 혼조 기즈나의 트위터 계정에 접속했다. 프로그램 출연을 알린 공지 트윗에는 댓글이 천 개 넘게 달렸는데 혼조 기즈나는 방송이 끝난 뒤에도 침묵을 이어갔다.

—우승 축하합니다.

—전설을 만들었네요!

⑨ 일본민간방송연맹 자율 규제에 따라 TV 퀴즈 프로그램 상금을 출연자 1명당 2백만 엔으로 제한하고 있다. 따라서 상금이 1천만 엔일 경우 참가자를 포함해 5명 이상의 명의가 필요하다.

너의 퀴즈

대부분 그의 팬들이 적은 댓글이었다.

'Q-1 그랑프리' 출연자들은 이런 상황이 당황스러웠다.

―그것을 짬짜미가 아니라 실력이라고 생각하는 사람들이 있다니……. 절망적이다.

도미즈카 씨가 트위터에 적었다. 그 트윗에 혼조 기즈나의 팬들이 댓글을 달았다.

―혼조 씨를 이기지 못한 사람이 패배를 인정하지 않고 억지를 쓰는군.

이에 도미즈카 씨도 답했다.

―당신 같은 아마추어는 모릅니다.

가타기리 씨도 트윗을 올렸다.

―짬짜미가 아니라면 무엇을 근거로 문제를 듣기도 전에 답을 맞혔는지 본인이 직접 해명해야 한다.

혼조 기즈나의 팬들은 이 트윗에도 반박 댓글을 적었다. 댓글에는 짧은 동영상도 첨부되어 있었다. 결승전 두 번째 문제 영상이었다. 내가 문제를 '행복한 가―'까지 듣고 버튼을 눌러 정답을 맞힌 장면이었다.

―이 영상을 보면 미시마 레오도 네 글자만 듣고서 정답을 맞혔습니다. 이것이 짬짜미가 아니라면 마지막 문제도 짬짜미가 아닙니다.

이에 가타기리 씨가 답글을 달았다.

ㅡ그 두 문제는 근본적으로 다릅니다. 왜 다른지 모르겠으면 퀴즈를 처음부터 공부하세요.

이 답글로 인터넷에서 한바탕 설전이 벌어졌다.

혼조 기즈나를 제외한 나머지 출연자들은 라인(LINE)에 그룹 채팅방을 만들어서 프로그램 제작진에게 해명을 요구하는 메일을 어떻게 작성할까 다 같이 고민했다.

나는 의견이 활발하게 오가는 채팅방의 모습을 지켜보며 세상 사람과 퀴즈 플레이어 사이의 온도차를 느꼈다. 애초에 시청자 대부분에게는 우리가 버튼을 빨리 누르는 것 자체가 상상을 초월한 일이다.

다음 날에는 인터넷 뉴스가 떴다.

짬짜미인가, 마법인가. Q-1 결승전 버튼 빨리 누르기 갑론을박

혼조 기즈나의 '문제 안 듣고 정답 맞히기'에 짬짜미 의혹이 제기됐지만 그는 상상을 초월한 기억력으로 퀴즈 프로그램에서 여러 번 기적을 일으킨 적이 있다.

짬짜미, 마법. 과연 어느 쪽일까?

몇몇 와이드 쇼에서 내게 출연을 제의했지만 모

두 거절했다. 나는 팔로워가 갑자기 열 배 이상 증가한 트위터에 '제작진의 해명을 기다립니다'라고만 적고 공개적인 발언은 전혀 하지 않았다. 세상 사람의 시각과 내 시각이 너무 달라서 어떤 트윗을 올려야 할지 알 수 없었다.

내가 '프로그램 제작진에게 요구하는 해명'은 간단했다. 짬짜미였다면 인정해야 하고 아니라면 혼조 기즈나가 어떻게 문제를 듣지 않고 정답을 맞혔는지 설명해야 한다. 그것을 '마법'이라는 말로 적당히 넘어가는 행위는 용납할 수 없다. 세상은 용납한다고 해도 퀴즈 플레이어는 용납 못 한다. 방송이 끝난 지 사흘째 되는 날, 프로그램 측에서 입장을 발표했다.

제1회 'Q-1 그랑프리' 시청자, 참가자, 관계자 여러분. 그리고 모든 퀴즈 플레이어에게 말씀드립니다.

제1회 'Q-1 그랑프리'가 방송된 이후 많은 분께서 다양한 의견을 보내주고 계십니다. 퀴즈를 겨루는 대회에서 이러한 사태가 발생해 매우 유감입니다.

외부 스태프가 조사한 결과 연출 측면에서 몇 가지 부적절한 부분이 있었다는 사실이 밝혀졌습니다. 이 결과가 곧 부정행위를 증명하지는 않지만 퀴즈 경기의 보급과 진흥이 목표인 이 대회가 결과적으로 혼란을 야기한 까닭은 오로지 제작진의 능력이 부족해서입니다. 퀴즈를 사랑하는 저희 마음에 거짓은 없지만 기대를 저버렸다고 느끼는 분들도 계시는 줄 압니다. 대단히 죄송합니다.

이 프로그램은 퀴즈 경기의 정점으로 앞으로 1년에 한 번 개최할 예정입니다만 이대로는 시청자 여러분이 납득하지 못 하리라 생각해 다음 대회부터는 제1회 같은 형식으로 진행하지 않기로 했습니다.

또한 우승자인 혼조 기즈나 씨가 포기 의사를 밝혔으며 이미 우승상금과 트로피를 반납했습니다.

시청자 여러분께 심려를 끼쳐 죄송합니다.

총연출자인 사카타 야스히코와 제작진 이름으로 발표한 사과문이었다.

컴퓨터로 사과문을 읽던 나는 자신도 모르게 책상을 내리쳤다. 생각보다 더 분노가 차올랐다. 납득이 가지도 않거니와 맥락도 맞지 않았다. 연출 측면에서 부적절한 부분이 있었을 뿐 부정행위는 없었다고 주장했다. 그러나 혼조 기즈나가 어떻게 정답을 맞혔는지는 설명하지 않았고, 당사자의 입장 표명도 없었다. 무늬만 사과문이고 사실 아무것도 사과하지 않았다.

혼란을 야기했다? 기대를 저버렸다?

문제는 그것이 아니다.

사과문을 여러 번 읽었다. 몇 번이나 읽어도 마지막 문제가 짬짜미였는지 마법이었는지, 아니면 퀴즈였는지 모르겠다. '해명'이랍시고 이런 사과문을 발표한 것은 모든 퀴즈 플레이어를 우습게 보는 행태다.

트위터에 접속했다. 이 분노를 트위터에 풀어내고 싶지만 필사적으로 참으며 또다시 컴퓨터 책상을 내리쳤다. 그리고 이성을 조금 되찾은 뒤 프로그램 공식 트위터를 코멘트 없이 리트윗했다. 도미즈카 씨는 '참가자와 시청자를 무시하는 행태다'라는 코멘트를 적어 리트윗했고 가타기리 씨는 '두 번 다시 TV 퀴즈 프로그램에 출연하지 않겠다'라고 선언했다.

프로그램 계정에 달린 댓글을 보면 납득하지 못한 사람도 많았다. 그럴 만했다. 나부터도 납득이 가지 않았다. 한 글자도 읽지 않은 문제의 정답을 맞혀 우승한 사람이 있는데 부정행위가 없었다니 이상하다. 부정행위가 없었다고 주장하려면 혼조 기즈나가 어떻게 정답을 맞혔는지 누구나 이해할 수 있도록 설명해야 한다.

그러나 한편으로는 '혼조 기즈나 수준이면 문제를 듣지 않아도 답을 맞힐 수 있을 것이다'라며 그의 실력을 믿는 사람이나 '누구보다도 성실하고 진지하게 퀴즈를 대하는 혼조 기즈나가 부정행위를 저지를 리 없다'라며 옹호하고 아는 척하는 팬도 눈에 많이 띄었다.

그리고 '퀴즈 프로그램은 어차피 다 짜고 치는 고스톱이잖아'라고 말하는 사람도 일부 있었다. 그런 사람들의 의견은 무지에서 비롯된 것이니 어쩔 수 없다며 간신히 참아 넘길 수 있지만 개중에는 도저히 무시할 수 없는 글도 있었다.

─그냥 미시마 레오가 패배를 인정하기 싫어서 딴지 거는 거잖아.

─상금 못 받아서 분한 거 아니야?'

심지어 내가 짬짜미에 가담했다고 말하는 사람도 있었다.

─프로그램 관계자에게 들은 이야기인데 다 연출이래. 미시마 레오도 혼조 기즈나라는 퀴즈왕을 탄생시키기 위한 판에 돈 받고 가담한 말일 뿐이야.

이 글을 읽었을 때는 피가 거꾸로 솟았다. 그래서 그 트윗을 리트윗하며 '어떻게 이런 말도 안 되는 생각을 할 수 있을까요?'라고 적었다가 다음 날 아침 이성을 되찾고 삭제했다.

나는 'Q-1 그랑프리'와 혼조 기즈나라는 거대한

악 앞에서 정당한 권리를 빼앗긴 성인이어야 한다.

적어도 지금은.

나는 사카타 야스히코에게 메일을 보냈다.

정중한 메일이었다.

'부정행위는 없었다'고 판단한 근거를 알려주세요. 부정행위가 없었다면 혼조 기즈나가 어떻게 마지막 문제를 풀었는지 알려주세요. 사카타 씨가 원한다면 메일 내용을 누설하지 않겠다고 약속합니다.

며칠을 기다려도 사카타 야스히코는 답장하지 않았고 제작진의 추가 발표도 없었다. 기다리다 지친 나는 혼조 기즈나 본인에게 연락을 시도했다. 연락처를 몰라서 그의 대학 친구에게 물었다. 연락처를 알려 준 친구는 소용없을 듯하다고 말했다.

"혼조는 방송이 끝나고 나서 누구의 연락도 받지 않는 것 같아."

갑작스럽게 연락드려 죄송합니다.

'Q-1 그랑프리' 결승전에서 대결한 미시마 레오입니다.

지난번에는 좋은 승부였습니다. 감사합니다.

　결승전 대결과 관련해 몇 가지 여쭙고 싶어 연락드립니다. 연락처는 도쿄대 의학부의 가와베 씨를 통해 알았습니다.

　솔직히 저는 같이 결승 무대에 선 사람으로서 적어도 도중까지는 부정행위가 없었다고 생각했습니다. 하지만 혼조 씨의 버튼 누르는 방식에 제 상식으로는 이해할 수 없는 부분도 있습니다. 불안하실 수도 있지만 저는 퀴즈 플레이어 한 사람으로서 제 나름대로 납득하고 싶을 뿐입니다.

　혼조 씨에게 들은 이야기는 발설하지 않겠습니다.

　답장 기다리겠습니다.

　나는 편지글을 여러 번 신중하게 수정하고 나서 혼조 기즈나의 메일 주소로 보냈다. 발설하지 않겠다고 약속했지만 상황에 따라서는 공개할 작정이었다. 결과가 어떻든 상황에 맞춰서 행동할 생각이다. 우선은 답장을 받아야 움직일 수 있다. 무엇보다 나는 진실이 알고 싶었다. 진실을 알기 위해 어떻게 편지를 써야 혼조 기즈나가 답장을 줄지 고민했다.

　혼조 기즈나보다 사카타 야스히코의 답장을 더 먼저 받았다.

이번 일로 불편을 드려 죄송합니다. 프로그램 내부에서 밝혀진 사항은 전부 공식 사이트에 발표할 예정입니다. 사이트를 확인해 주시기 바랍니다.

웃기지도 않았다. 나는 시청자가 아니라 당사자다. 바로 당신 눈앞에서 이해할 수 없는 퀴즈 풀이로 원하지 않게 패배자가 된 사람이란 말이다.

나는 '1천만 엔을 돌려주시죠'라고 보내려다가 이성을 되찾고 '다음 발표는 언제입니까?'라고 답장했다.

이후 사카타 야스히코는 아무 연락이 없었고 혼조 기즈나의 답장도 오지 않았다. 나뿐 아니라 모든 사람과 연락을 끊었다고 한다.

혼조 기즈나는 침묵했다. 대학은 마침 여름방학이어서 그가 어디 있는지도 알 수 없었다.

그 사이에도 세상의 시간은 흘러갔다. 미성년자 아이돌의 음주 사건이 터지고 배우가 불륜을 저질렀다. 다른 TV 프로그램에서 짬짜미가 발각됐고 유명 유튜버가 부적절한 발언을 했다. 정치가가 비리를 저지르고 끔찍한 살인사건이 벌어졌다. 이런 사건들이 벌어지는 사이에 세상은 'Q-1 그랑프리'를 깨끗하게 잊었다. 혼조 기즈나의 복귀를 기다리는 팬들만이 '혼조 기즈나가 부정행위를 했을 리 없다. 실력으로 우승했다'는 말만 되풀이했다.

도미즈카 씨와 가타기리 씨 같은 준결승 참가자들도 'Q-1 그랑프리'와 혼조 기즈나를 점점 잊었다. 'Q-1 그랑프리'를 애초에 존재하지 않았던 대회로 치부하고 다른 오픈대회를 준비했다. 우리는 TV가 무대를 마련해 주지 않아도 모여서 퀴즈 실력을 겨룬다.

이따금 오픈대회장에서 내게 'Q-1 그랑프리'를 묻는 사람도 있는데 모두 'TV 퀴즈 프로그램의 최대 수혜자였던 혼조 기즈나가 사리 분별 못 하고 무리수를 뒀다'는 식으로 생각했다.

나는 어떻게 해야 할지 갈피를 잡지 못했다.

어디에 호소해야 할까?

경찰? 변호사?

퀴즈계의 악을 심판할 퀴즈의 신 퀴즈스투스가 어딘가에 존재하는 세상을 상상했다.

제발요. 퀴즈로 나쁜 짓을 하는 인간이 있습니다. 그들을 정당하게 심판해 주세요.

상상하다가 바보 같아서 그만뒀다.

이제 누구도 믿을 수 없다. 프로그램과 사카타 야

스히코만 믿고 기다릴 수 없고 퀴즈 팬과 퀴즈 플레이어도 희망이 없다. 애초에 그들에게는 남의 일일 뿐이다.

남의 일.

남의 일他人事은 '타닌고토'라고 읽으면 안 된다. 나는 오독誤讀 삼형제를 떠올렸다. 장남은 '이유기乳離れ'. '치치바나레'가 아니라 '치바나레'로 읽어야 한다. 차남은 '친족 관계続柄'. '조쿠가라'가 아니라 '쓰즈키가라'라고 읽어야 한다. 삼남은 '일단락—段落'. '히토단라쿠'가 아니라 '이치단라쿠'라고 읽어야 한다. 오독 삼형제는 내가 고등학생 시절에 붙인 이름인데…….

그만.

지금은 퀴즈를 생각할 때가 아니다.

상황을 정리했다.

'스스로 알아볼 수밖에 없다'는 결론이 나왔다.

'Q-1 그랑프리'에서 무슨 일이 있었는지 스스로 조사한 뒤 고소, 고발이든 뭐든 다른 방법을 생각하자. 혼조 기즈나가 짬짜미에 가담했을까. 아니면 마법을 썼을까. 혹은 —그다지 생각하고 싶지 않지만— 무언가 정당한 근거로 정답을 맞혔을까.

나는 누구보다 진실 가까이에 있다. 바로 그 자리

에 있었다. 그 자리에 서서 혼조 기즈나와 싸웠다. 결승 무대에서 무슨 일이 있었는지 그 분위기를 안다.

나는 지금부터 퀴즈를 풀 것이다.

Q. 혼조 기즈나는 어떻게 제1회 'Q-1 그랑프리' 마지막 문제를 한 글자도 듣지 않고 정답을 맞혔을까?

Q

감정이 격해진 순간, 나는 책상 서랍에서 정답을 맞힐 때 누르는 버튼을 꺼냈다. 대학 퀴즈 연구회 때 사용하던 물건인데 와세다식[10] 버튼을 새로 살 때 하나 받은 구형 버튼이었다. 버튼 위에 손가락을 얹고 표면을 문질렀다. 마음에 안정이 찾아왔다. 머릿속으로 퀴즈를 재생했다.

'메구로역은 시─'

그 순간 버튼을 누른다. 본체와 연결하지 않아 버튼을 눌러도 불빛은 들어오지 않지만 내 눈에는 밝게 빛나는 불빛이 보인다.

---

[10] 와세다대학 퀴즈 연구회, 일본의 퀴즈 개발 회사 QuizKnock에서 사용하는 전원식 버튼. 버튼과 램프색은 빨강, 파랑, 노랑, 녹색 네 가지다.

너의 퀴즈

"미나토구."

소리 내어 대답했다.

'메구로역은 시나가와구에 있습니다. 그러면 시나가와역은 어느 구에 있을까요?'

퀴즈에 단골로 등장하는 문제. 나는 머릿속으로 정답을 맞혔다. 하지만 'Q-1 그랑프리'가 낸 문제의 정답은 여전히 모르겠다.

그 답을 홀로 계속 찾았다. 1천만 엔이 걸렸다. 아니, 이미 1천만 엔은 진지하게 생각하지 않는다. 퀴즈를 더럽혔다. 그 부정행위에 내가 가담했다고 생각하는 사람도 있다. 진실을 알고 싶다. 진실을 알고 당당하게 퀴즈를 즐기고 싶다.

혼조 기즈나의 고등학생 시절 친구를 찾아 이야기를 들었다. 그 인연으로 지금 고등학생인 혼조 기즈나의 동생에게도 이야기를 들을 수 있었다. 혼조 기즈나의 동생은 퀴즈와는 인연이 없고 형이 출연한 TV 프로그램도 거의 보지 않았지만 몇 가지 흥미로운 사실을 알려줬다. 혼조 기즈나와 대결한 적 있는 몇몇 퀴즈 플레이어에게도 이야기를 들었다. 사카타 야스히코는 만나지 못했지만 그가 제작한 프로그램에 참여해 문제를 만든 선배에게도 이야기를 들었다.

혼조 기즈나가 출연한 퀴즈 프로그램 영상을 최

대한 모았다. 그중에는 혼조 기즈나가 비상식적인 타이밍에 버튼을 누르는 장면도 있었다.

예컨대 'Q의 모든 것' 제16회 방송. 이 방송은 'Q의 모든 것' 마지막 회였는데 결승전 마지막 문제에서 혼조 기즈나가 문제를 "자—"까지만 듣고 버튼을 누른 것이다.

"끝이 좋으면 다 좋아."

잠깐 생각한 뒤 그렇게 대답했다.

정답이었고 혼조 기즈나가 우승했다. 출연진은 모두 놀라움을 감추지 못하며 칭찬했다. '한 글자 듣고 정답 맞히기'의 전설이 된 장면이었다. 혼조 기즈나가 'Q-1 그랑프리'에서 마법을 썼다고 생각하는 사람이 많은데 그건 바로 이 전설적인 장면에서 비롯된 생각이었다.

나는 정말로 다양한 영상을 봤다. 그리고 마지막으로 다시 한번 'Q-1 그랑프리' 결승전 영상을 보기로 했다. 혼조 기즈나를 생각하면서. 그리고 나 자신을 떠올리면서.

Q

무대에서 그토록 눈부셨던 조명도 TV 화면으로 보니 전혀 과하지 않았다.

결승전 시작 전에 제작진이 준비한 내 영상이 흘러나왔다. 과거에 출연한 적 있는 퀴즈 프로그램 결승전과 도미즈카 씨를 이긴 준결승 때 모습을 편집해서 '아마추어 퀴즈계의 왕'이라는 수식어로 소개했다. 그 문구가 싫어서 사전 회의 때 제작진에게 수정해 달라고 부탁했다. 퀴즈에 프로가 존재하지 않는 이상 아마추어도 존재하지 않는다. 그렇게 주장했다. 다박수염이 난 스태프가 새 문구를 생각 중이라고 말했지만 수정되지 않은 채 그대로 방송됐다.

영상이 흘러나오는 동안 나와 혼조 기즈나는 입장 게이트 앞에 나란히 서서 기다렸다. 가슴에 마이크를 설치해 준 AD가 정답석으로 가라며 등을 툭툭 두드렸다. 무대 양쪽에서 탄산가스가 뿜어져 나왔다. 그 사이를 지나 세트장 한가운데에 놓인 새빨간 계단을 내려갔다. 흰 연기 때문에 주위가 보이지 않았다.

정답석에 선 뒤 고개를 살짝 끄덕여 인사했다. 이런 버릇을 지닌 퀴즈 플레이어를 알지만 평소 나는 그렇게 행동하지 않는다. 그런데 이때는 왜 인사했는지는 기억나지 않는다. 넓은 무대 한가운데에 홀로 서 있으니 쑥스러워서 아닌 척하려고 나온 행동일지도 모른다.

다음은 혼조 기즈나의 영상이 흘러나왔다. '초인열전' 일문다답 퀴즈에서 세계자연유산을 전부 대답했을 때와 준결승 장면을 편집한 영상이었다. '만물을 기억하는 절대 왕자'가 혼조 기즈나의 소개 문구였다. 혼조 기즈나가 하얀 연기 속을 유유히 침착하게 내려왔다. 역시 TV 출연에 익숙한 사람다웠다. 긴장해서 안절부절못한 나와는 완전히 달랐다.

진행자가 내게 각오를 물었다.

"최선을 다하겠습니다."

재미없는 대답이었다.

"대결 상대인 혼조 씨를 어떻게 생각하나요?"

"매우 강한 상대라고 생각합니다."

이번에도 역시 재미없는 대답이 나왔다.

다음으로 혼조 기즈나에게 각오를 물었다.

"지금 필사적으로 찾고 있습니다."

그렇게 대답하고서 눈을 감고 손가락을 관자놀이에 댔다.

"무엇을 찾고 있나요?"

진행자가 물었다.

"제가 질 가능성이요."

그 대답에 스튜디오가 들끓었다.

지금은 잘 안다. 혼조 기즈나는 TV 프로그램의 속성을 깊게 이해하고 있다. 시청자들은 단순히 퀴즈 마니아가 버튼을 빨리 눌러 정답을 맞힌다고 해서 재미있어하지 않는다. 규칙이 몹시 엄격한 'Q-1 그랑프리'가 간신히 TV 프로그램으로 방송될 수 있던 이유는 혼조 기즈나 덕이다. 그 사실은 인정해야 한다. 그가 볼거리를 만들었다.

"질 가능성이 보이나요?"

진행자가 물었다.

눈을 뜬 혼조 기즈나는 카메라를 지그시 바라보며 고개를 저었다.

"온 세상을 찾아봤지만 안타깝게도 발견하지 못했습니다."

카메라가 나를 비췄다. 쓴웃음을 짓고 있었다. 새삼 재치 있게 한마디 받아치지 못한 자신이 한심했다.

진행자가 혼조 기즈나에게 내 인상을 물었다.

"현재 일본에서 퀴즈의 이치를 가장 잘 이해하는 분이라고 생각합니다."

혼조 기즈나가 말을 이었다.

"하지만, 제 머릿속에는 세계가 들어 있어요."

분위기가 끓어올랐다.

"자, 퀴즈 대 세계, 과연 누가 이길까요?"

진행자의 말이 끝나자 광고가 시작됐다.

광고 시간에 세트장이 이동하고 대결을 시작할 준비를 마쳤다. AD가 다가와 내 가슴팍에 달린 마이크를 조정했다.

"광고가 끝나면 바로 시작합니다."

스태프가 설명했다. 혼조 기즈나는 라벨을 벗긴 페트병의 물을 마시며 고개를 끄덕였다.

준비를 끝낸 디렉터가 카운트다운을 시작했다.

"5, 4, 3."

광고가 끝났다.

"그러면 지금부터 제1회 'Q-1 그랑프리' 결승전, 미시마 레오 VS 혼조 기즈나를 시작하겠습니다."

진행자가 선언했다.

스튜디오가 삽시간에 조용해졌다.

"문제……."

아나운서가 문제를 읽기 시작했다.

"이번 주에 깨달은 것—"

내가 버튼을 눌렀다. 나쁘지 않은 타이밍이다. 혼조 기즈나는 짚이는 바가 없는지 전혀 반응하지 않았다.

버튼을 누른 순간에는 아직 답을 알지 못했다. 다만 '알 것 같다'는 직감만이 마음속에 감돌았다. 필사적으로 머리를 굴렸다. 내가 무슨 답을 말할지 온 인류가 주목하는 기분이 들었다.

나는 떠올렸다.

밤의 소리.

형과의 비밀.

밤바다 너머로 지는 태양.

걷잡을 수 없는 추억이 기억의 바다를 표류했다. 그 속에 손을 집어넣어 답이 있는지 꼼꼼하게 살폈다.

있다!

답의 조각을 건드렸다. 손끝에 닿은 정답을 끌어와 단단히 움켜쥐었다.

"심야의 대단한 힘."

자신 있게 대답했다.

딩동댕.

"오오!"

객석에서 터져 나온 탄성이 박수로 바뀌었다.

정답이었다.

1대0.

내가 앞서기 시작했다. TV 화면에 문제 전체가

표시됐다.

Q. '이번 주에 깨달은 것'을 주제로 한 프리 토크로 시작하며 '라디오의 제왕'인 이쥬인 히카루가 진행하는 방송은 무엇일까요?

A. '심야의 대단한 힘.'

Q

나는 떠올린다.

기억의 깊은 부분으로 잠수한다.

초등학교 1학년인가 2학년 때였다. 소변을 참을 수 없어 한밤중에 깼다.

이층침대 위에서 누군가의 말소리가 들렸다. 기분 탓으로 치부하고 화장실에 다녀와 이불 속으로 들어갔는데 여전히 그 목소리가 들렸다. 이층침대 위에는 여덟 살 많은 형이 자고 있었는데 형의 목소리가 아니었다. 귀신이라고 생각하니 무서워서 잠들 수가 없었다.

몇 분 지나서야 형의 웃음소리가 들렸다. 형이 미쳤나 걱정됐다. 용기 내서 이층침대 옆에 달린 사다리를 타고 올라갔다. 형광등에 달린 줄을 잡아당겨 불을 켰다. 형은 한쪽 귀에 이어폰을 낀 채 나를 보고 놀랐다.

"뭐해?"

내가 물었다.

"라디오 듣는데. 라디오 소리 들렸어?"

형의 말에 고개를 끄덕였다.

"소리 줄일게. 대신 늦게까지 안 잔 거 엄마한테 비밀로 해 줘."

"알겠어. 말 안 할게."

대답하고서 불을 껐다.

다음 날, 형이 '심야의 대단한 힘'이라는 라디오 프로그램 이름을 슬쩍 알려줬다. 나는 줄곧 '심야'가 사람 이름이라고 착각했다. 신야[11]라는 반 친구가 있기도 했고, 무엇보다 내가 '심야'라는 단어를 몰랐던 탓이 컸다.

그 후 '심야'라는 단어의 뜻을 처음 알았을 때 나는 한동안 이해하지 못했다. 시간대를 뜻하는 단어는 몇 가지 있다.

---

[11] 심야(深夜)의 일본어 발음은 '신야'다.

아침, 낮, 밤.

저녁, 한밤중.

동틀녘, 새벽, 미명.

시간대를 표현하는 단어는 모두 태양의 움직임을 기준으로 한다. 그러나 '심야'라는 단어만 밤의 '얕음'과 '깊음'을 내포하고 있어서 이질적이다.

'밤이 깊다는 것은 무엇일까?'

당시 나는 진지하게 고민했지만 결국 그때는 이해하지 못했다.

몇 년 후, 도서관에서 아침과 밤의 어원을 조사했다. 퀴즈를 막 시작했을 무렵이었는데 정기 모임에서 발표할 문제를 직접 만들어야 했다. 아침朝의 어원은 '아케시다明け時'[12]이고 낮昼의 어원은 '히日'[13]이며, 밤의 어원은 '다른'이나 '정지'를 표현하는 '요'[14]라고 한다. 이 어원에는 여러 설이 있어서 퀴즈 문제로 내지 못했다.

---

[12] 해가 뜰 때를 뜻하는 옛 일본어 '아케시다(明け時)'가 변형되어 아침을 뜻하는 아사(朝)가 됐다.

[13] 상태를 뜻하는 옛 일본어 '루'와 해를 뜻하는 '히(日)'가 결합해 해가 있는 상태를 뜻하는 '히루(낮)'가 됐다.

[14] '다른'이나 '정지'를 표현하는 옛 일본어 '요'와 상태를 표현하는 '루'가 결합해 '다른 상태(해가 없는 상태)' 또는 '활동이 정지된 상태'를 뜻하는 '요루(밤)'가 됐다.

그 무렵에는 오히려 '심야'라는 말의 시적 함의가 마음에 들었다.

해가 밤바다에 서서히 녹아들며 저문다. 그리고 마침내 밤바다 깊은 곳으로 잠겨 든다. 인류 최초로 '심야'라는 단어를 생각해 낸 사람의 마음과 내 마음이 오랜 시간을 지나 이어졌다.

이후 대학에서 퀴즈 연구회 소속으로 활동할 때 '심야'를 소재로 한 문제만 모아 낸 적이 있다. '심야의 대단한 힘'이 심야라는 사람의 대단한 힘이 아니라는 사실을 안 시기도 그때였다.

'심야 플러스 1', '심야 특급', '심야 식당'…….

'심야'라는 이름이 붙은 작품은 온통 내 취향과 들어맞았다.

그 이후 '심야의 대단한 힘' 방송을 처음으로 들었다. 몇 번이나 배꼽 잡고 웃었다.

방송이 끝나자마자 묘하게 흥분한 상태로 형에게 라인 메시지를 보냈다. 곧바로 답장이 왔다.

—너도 들었구나. '이번 주에 깨달은 것'이 최고였어.

형은 십여 년 전 그날 심야에 내가 이층침대를 올라가기 전부터 꾸준히 '심야의 대단한 힘'을 들은 듯했다.

나와 형은 세상이 고요에 잠긴 심야에 각각 다른 곳에서 같은 라디오를 들었다. 진부한 말이지만 왜 인지 기적 같다고 느꼈다. 그런 추억이 떠올랐다.

Q

나는 당연한 전제를 깨달았다.

정답을 맞혔을 때는 맞힌 이유가 있다. 어떤 경험을 했고 그 경험 덕분에 정답을 말할 수 있다. 경험이 없으면 정답을 맞히지 못한다. 당연하다.

퀴즈 정답을 말할 때 나라는 철망으로 세상을 건져 올리는 기분이 들 때가 있다. 살아간다는 것은 철망을 크고 촘촘하게 만들어 가는 과정이다. 지금까지 깨닫지 못했던 풍부한 세계를 알게 되고 우리는 전율한다. 전율할 때마다 퀴즈도 강해진다.

'심야의 대단한 힘' 문제의 정답을 맞힌 뒤 진행자가 내게 물었다.

"시작이 좋은데요, 어떻게 정답을 알았나요?"

생방송이므로 시간을 오래 끌면 안 된다고 생각했다.

"예전에 비슷한 문제를 푼 적 있습니다."

영상을 보면서 아주 조금 후회했다. 분명한 사실이지만 재미없는 대답이었다. 생방송인 탓에 내 재미없는 대답은 그대로 전국에 방송됐지만, 만약 녹화 방송이었다면 편집됐으리라.

지금 와서 생각하면 선택할 수 있는 답변은 많았다. '형이 좋아하는 프로그램이었다'도 나쁘지 않다. 다소 과장해서 '나도 좋아하는 라디오 프로그램이다'라는 대답도 좋았다.

물론 방송 시간이 한정되어 있으니 '심야의 대단한 힘'과 얽힌 내 경험담을 모두 풀어놓을 수는 없다.

이층침대 위에서 들리던 밤의 소리. 침대에 달린 금속 사다리의 촉감. 형과의 비밀. 밤바다에 지던 태양. 그것들은 퀴즈에 나오지 않지만 여전히 내 마음속에 깊이 남아 퀴즈와 연결되어 있다. 나는 세상이라는 바다에 철망을 드리워 건져낸다.

"그러면 두 번째 문제입니다."

진행자가 말했다.

"문제……"

아나운서가 입을 뗐다.

"행복한 가—"

혼조도 반응했지만 내가 더 빨리 버튼을 눌렀다.

순간 머릿속에 인도인이 지나갔다. 나는 그 인도인을 필사적으로 쫓아냈다.

넌 아니야. 제발 사라져.

다음으로 나타난 네팔인도 쫓아냈다.

너도 아니야.

지금은 네 차례 아니야.

나는 호흡을 가다듬었다.

'행복한 가—'

그 문장을 안다. 확실하게 안다. 매우 잘 알고 몇 번이나 봤다.

자, 알려줘. 그다음은 뭐지?

인도인와 네팔인이 어디론가 사라지고 아나운서가 읽은 문제의 다음 부분이 마침내 머릿속에 들려왔다. 행복한 가정은 모두 엇비슷하지만 불행한 가정은 저마다 다른 모습으로 불행하다.

"안나 카레니나."

딩동댕.

정답을 알리는 소리가 울렸다.

"오오!"

관객석에서 첫 번째 문제 때보다 더 감탄에 가까운 소리가 흘러나왔다. 관객 대부분은 퀴즈를 잘 아는 사람들일지도 모른다. 나름대로 퀴즈에 자주 출제되는 단골 문제였다.

2대0.

리드 폭을 벌렸다.

Q. '행복한 가정은 모두 엇비슷하지만 불행한 가정은 저마다 다른 모습으로 불행하다'는 서두로 유명합니다. 러시아 작가 톨스토이의 이 소설은 무엇일까요?

A. 안나 카레니나.

Q

어느 마을에 한 인도인이 살았다. 그 인도인은 카레집을 열었는데 늘 손님이 없어서 고민이었다. 어떻게든 손님을 끌어모으고 싶었던 인도인은 전에 없던 새로운 카레를 만들기로 했다. 하지만 인기 음식인 카레는 이미 종류가 다양했다. 생각해낸 새로운 카레는 대부분 ―무수분 카레, 시금치 카레, 요거트 카레 등― 이미 누군가가 개발했거나 그렇지 않은 카레는 ―똥맛 카레, 커피 카레, 카레 주스 등― 은 단순히 맛이 없어서 아무도 만들지 않았을 뿐이었다.

인도인은 고민 끝에 전설의 향신료를 찾아 떠나기로 했다. 전설의 향신료는 어느 지역에 사는 인도호랑이가 좋아해서 호랑이 굴에 숨겨놓았다고 한다. 인도인은 여행 도중 목숨을 여러 번 잃을 뻔해서 전설의 향신료를 포기하려고 했지만 새로운 카레를 향한 강한 집념을 가지고 산속으로 들어간다. 그리고 마침내 인도호랑이 굴에서 전설의 향신료를 발견한다. 목숨을 걸고 가게로 돌아온 인도인은 전설의 향신료를 조합해 새로운 카레를 개발한다.

그리고 한 입 먹은 순간 인도인은 말을 잃었다. 맛이 없기 때문이었다. 인도인은 이렇게 중얼거렸다.

"저런 카레에⋯⋯(목숨을 걸었다니) 말이야[15]."

중학교 1학년이었던 내가 생각해낸 이야기였다. 마지막까지 머릿속으로 곱씹고서는 이건 아니라고 생각했다. 제목은 '안나 카레니나'다. 그런데 이 이야기대로라면 인도인의 마지막 중얼거림은 '저런 카레'가 아니라 '이런 카레[16]'가 되어야 한다. '저런 카

---

[15] "저런 카레에⋯⋯ 말이야"는 일본어로 "あんなカレーにな(안나 카레니나)"이다.
[16] '저런 카레'의 일본어 발음은 '안나 카레', '이런 카레'의 일본어 발음은 '콘나 카레'다.

레'가 말이 되려면 카레는 인도인의 수중에 있어서
는 안 된다.

　나는 잠시 고민하다가 이야기를 수정했다.

　인도인이 운영하는 가게 옆에는 네팔인이 운영하
는 경쟁 가게가 있었다. 네팔인은 인도인이 전설의
향신료를 찾아 떠났다는 소식을 듣고 싱글벙글했다.
사실 네팔인도 과거에 인도인과 같은 생각으로 전설
의 향신료를 손에 넣은 적이 있었다. 그래서 네팔인
은 전설의 향신료로 만든 카레가 맛없다는 사실을
알았다. 의미 없는 여행을 떠난 인도인을 보고 네팔
인은 이렇게 중얼거렸다.

　"저런 카레에…… (목숨을 걸다니 바보 같단) 말이
야."

　아니, 이것도 아니야.

　나는 다시 생각했다. 이러면 '저런 카레'가 아니
라 '저런 향신료'가 되어야 하지 않나. 네팔인은 향
신료에 대해서만 알 뿐 향신료를 손에 넣은 인도인
이 어떤 카레를 만들지는 모른다.

　차라리 인도호랑이가 굴에 숨겨둔 것이 '전설의
향신료'가 아니라 '전설의 카레'라고 할까. 그러면

호랑이가 카레를 만드는 셈이어서 작품의 장르는 판타지나 동화로 바뀌리라.

거기까지 생각하다가 나는 잠들어 버렸다.

독서가인 아버지는 수많은 책을 소장하고 계셨다. 너무 많아서 본인 방에 다 보관하지 못한 책을 내 방과 형 방에 놓았을 정도였다. 그래서 내 방에 아버지의 책장이 몇 개 있었는데 거기에는 도스토옙스키니 헤밍웨이니 시가 나오야니 아베 코보니, 당시 내게는 생소한 작가들의 책이 꽂혀 있었다. 내가 어려서부터 그 책들을 곧잘 읽었다는 뜻은 아니다. 책들은 단지 그 자리에 존재할 뿐이었다.

아버지의 책들은 내 방에서 먼지를 뒤집어쓴 채 방치되었지만 매일 자고 일어나는 방에 존재한다는 사실 자체만으로도 의미가 있었다. 특히 딱 내 머리맡 높이에 꽂혀 있던 톨스토이라는 작가의 『안나 카레니나』는 밤에 불을 끄기 전 몇 년 동안이나 보던 마지막 풍경이었다.

잠이 잘 오지 않는 밤이면 가끔 『안나 카레니나』가 어떤 이야기일지 상상하는 놀이를 하고는 했다. 처음에는 '안나'라는 여자아이가 등장한다고 가정하고 카레니나 부분이 무슨 의미일지 상상했다. '카레니나'에 '카레'가 포함되어 있으니 '카레에 말이야'라고 떠올릴 수 있을 때까지 1년 정도 걸렸다. 안나라는 여자아이와 카레에 관한 이야기라고 생각해서 몇 가지 이야기를 상상했다.

그 시기 내가 상상한 가장 장대한 '안나 카레니나' 이야기는 안나가 전설의 '살아 있는 카레'를 찾아 인도를 여행하는 이야기였다. 여행 마지막에 안나는 '살아 있는 카레'와 만난다. 안나가 '살아 있는 카레'를 덮쳐 한입에 꿀꺽 삼킨다. 그렇게 안나는 카레가 된다. 즉 '안나, 카레가 되다[17]'라는 의미를 담은 제목인 셈이다.

나는 '안나'를 사람 이름이 아니라 '안나(저런)'라는 일본어라고 생각하면 더 구체적인 스토리가 만들어진다는 사실을 깨달았다.

그래서 '저런 카레에…… 말이야'라는 이야기를 여러 개 생각했다. 거기서 인도인과 벵골호랑이 이야기도 만들어냈다. 이야기를 떠올린 뒤 제목에 알맞은 내용인지 다시 살폈다. 나는 며칠 밤에 걸쳐 상상한 이야기를 몇 개나 퇴짜 놓았다.

---

[17] '안나, 카레가 되다'는 일본어로 'アンナ、カレーにな(る)'(안나, 카레니나(루))이다.

인도인과 네팔인의 이야기를 생각해낸 뒤 나는 『안나 카레니나』를 상상하는 놀이를 그만뒀다. 신기하게도 소설을 읽기 시작하면서부터 예전처럼 이야기 짓기 놀이를 못 하게 됐다.

중학교 2학년이던 어느 날, 퀴즈 연구부에서 열린 퀴즈 대회에서 '행복한 가정은 모두 엇비슷하지만 불행한 가정은 저마다 다른 모습으로 불행하다는 서두로 유명한……'이라는 문제가 나왔을 때 다카하시 선배가 '안나 카레니나'라고 대답했다.

"톨스토이의 작품인가요?"

당시 정답을 맞히지 못한 나는 물었다.

"잘 아는구나."

다카하시 선배가 칭찬했다.

그날 집에 돌아온 나는 『안나 카레니나』를 읽기 시작했다.

행복한 가정은 모두 엇비슷하지만 불행한 가정은 저마다 다른 모습으로 불행하다. 서두를 읽고서 흥분했다. 내 머리맡에 줄곧 퀴즈가 놓여 있던 것이다.

그날 침대에 누워 있으면서 퀴즈에 둘러싸여 있다는 느낌을 받았다.

나는 세상을 전혀 모른다. 내가 아직 모르는 퀴즈가 머리맡에 있었다. 발치에도 양팔 근처에도 퀴즈가 있다. 내 등을 지탱하고 있는 침대 스프링은 누가 발명했을까? 베개는 어느 나라에서 어느 시대에 발명되었을까? 침대라는 단어의 어원은 무엇일까?

『안나 카레니나』 옆에는『전쟁과 평화』라는 책이 꽂혀 있었다.

그 책은 과연 무슨 이야기일까?

눈을 감자 아직 답을 모르는 무수한 퀴즈들이 나를 감쌌다.

Q

"이번에도 엄청 빠르시네요. 미시마 씨, 방금 또 정답을 맞혀서 두 문제 앞서가게 됐습니다. 오늘 컨디션 어떤가요?"

진행자가 물었다. 내가 재치 있는 방송용 대답을 못 하는 사람이라는 사실을 알아차린 듯했다. '어떻게 정답을 맞힐 수 있었는가'를 묻지 않고 대답하기 쉬운 질문을 했다.

"매우 좋습니다."

진행자가 이번에는 혼조 기즈나에게 물었다.

"혼조 씨도 버튼을 누른 것 같은데 정답을 알고

있었나요?"

"네. 브론스키에게 안나를 빼앗긴 카레닌 같은 심정이네요."

"그 말씀은 무슨 뜻인가요?"

"『안나 카레니나』의 내용입니다. 짧게 말하면 '분하다는' 뜻이죠."

스튜디오가 다시 들끓었다.

퀴즈 실력은 차치하고 혼조 기즈나는 방송인으로서 실력이 뛰어나다. 어떻게 하면 프로그램 분위기가 살고 시청자가 흥미를 느끼는지. 무슨 말을 해야 분량이 많아지는지. 어느 정도 말해야 진행에 방해되지 않는지. 그것들을 전부 계산해서 적절하게 대처한다. 순간적으로 그런 말을 하다니 자신은 결코 따라 할 수 없는 능력이었다.

스튜디오에 선 나는 혼조 기즈나의 말이 귀에 들어오지 않았다. 추억이 서린 『안나 카레니나』 문제를 맞혔다는 사실에 매우 흥분해서 기분이 몹시 들떴다. 퀴즈를 시작한 지 12년째, 『안나 카레니나』 문제를 여러 번 맞혔다.

아버지가 내 방에 톨스토이 작품을 꽂아놓은 덕분에 퀴즈를 맞힐 수 있었다.

"그럼 다음 문제로 넘어갑니다."

진행자의 말에 장내가 고요해졌다.

"문제……"

나는 버튼에 올려놓은 오른손에 온 신경을 집중했다.

"풀네임으로 답하세요. 1915년, X선을 이용한 결—"

혼조 기즈나가 버튼을 눌렀다. 나는 반응조차 못했다.

그가 버튼을 누르고 정답을 말하기 전까지 나는 이 문제에 두 가지 선택지가 있다는 사실을 알아냈다. 진행자가 말한 부분까지 제시된 정보는 '풀네임으로 답하세요'와 '1915년'과 'X선'. 사람 이름을 묻는 문제이고, 이 연대에 물리학 단어와 연관될 만한 사람이라면 노벨상 수상자 관련 문제이리라. 나는 'Q-1 그랑프리'를 준비하면서 역대 노벨상 수상자를 전부 예습했다. 혼조 기즈나의 주특기인 문제였기에 언젠가는 출제되리라 예상했기 때문이다.

1915년에 X선과 관련해서 노벨상을 수상한 인물은 두 명이다. 윌리엄 헨리 브래그와 윌리엄 로렌스 브래그 부자. 지금 시점에는 두 명 중 누가 정답인지 판단할 근거가 없다.

"윌리엄 로렌스 브래그."

혼조 기즈나가 조금 망설이다가 대답했다. 다소 자신 없는지 걱정스러운 눈빛으로 카메라를 바라봤다. 망설인 사람치고는 퍼스트네임까지 대답했다.

딩동댕.

스튜디오가 큰 놀라움에 휩싸이며 세 문제 중 가장 큰 박수가 터져 나왔다. 관객 대부분은 혼조 기즈나의 팬이었지만 박수 소리가 큰 이유는 그뿐만이 아니었다. 버튼을 누른 속도가 상당히 빨랐고 도박에 가까운 타이밍이었기 때문이다.

2대1.

혼조 기즈나가 바싹 추격했다.

그때 나는 어쩔 수 없었다고 생각했다. 브래그 부자는 같은 업적으로 노벨 물리학상을 공동 수상했다. 이 문제의 답은 '아버지'나 '아들'이라는 단어가 들리는 순간 확정된다. '아버지와 함께'가 들리면 남은 선택지인 아들이 답이고, '아들과 함께'가 들리면 아버지가 답이 된다. 아들인 로렌스 브래그는 '당시 역대 최연소 노벨상 수상자'인 만큼 아들이 정답일 확률이 높지만 그래도 기껏해야 6대4 정도다. 혼조 기즈나는 승률 60퍼센트라는 도박에서 이겼을 뿐 앞서가고 있는 내가 그런 위험을 감수할 필요는 없었다.

Q. 풀네임으로 대답하세요. 1915년 'X선을 이용한 결정구조 분석'으로 아버지와 함께 당시 최연소로 노벨 물리학상을 수상한 영국의 물리학자는 누구일까요?

A. 로렌스 브래그.

Q

혼조 기즈나의 전설 중 하나는 역대 노벨문학상 수상자를 완벽하게 대답한 것이다.

'초인 열전' 방송의 '제3회 지능 초인 결정전' 코 너에서 있었던 일이다. 제한 시간 15분 동안 노벨문 학상 수상자의 이름을 최대한 많이 쓰는 일문다답 문제가 출제됐다. 혼조 기즈나는 제한 시간을 3분 남기고 역대 수상자의 이름을 모두 적었다.

그 순간을 캡처한 사진을 SNS에서 봤다. 솔직히 대단하다고 생각했다. 나라면 몇 명이나 쓸 수 있을 까 생각해 봤다. 60명 정도 될까? 70명은 넘지 않는 다. 어떻게 하면 백 명 넘는 사람의 이름을 10분 동 안 적확하게 쓸 수 있는지 전혀 이해할 수 없었다.

이 일문다답 문제에 관해 퀴즈 플레이어 야마다 다카키에게 이야기를 들었다. 야마다는 내 중고등학교 퀴즈 연구부 후배인데 '도쿄대 수석남'으로 '제3회 지능 초인 결정전'에 출전해서 혼조 기즈나에게 패했다.

"'지능 초인 결정전' 제의가 들어온 건 녹화 전날이었어요. 아무래도 직전에 결원이 생긴 모양이더라고요. 디렉터가 출연자를 간절하게 찾는다는 이야기를 나카즈카 씨에게 들었어요."

야마다가 말했다. 나카즈카는 교토대 의학부에 재학 중인 퀴즈 플레이어로 '지능 초인 결정전' 제1회부터 제3회까지 출전한 인물이다.

"그래서, 갑자기 출연하게 된 거야?"

"네. 한가했거든요. 그날 저녁에 나카즈카 씨와 방송국에 가서 사카타 씨와 디렉터 등, 그리고 이름은 까먹었지만 저를 포함해 여섯 명이 사전 회의를 했어요. 녹화는 다음 날 오후 1시부터라고 했고요. 상당히 빠듯했죠."

"프로그램 내용은 설명해 줬고?"

"일단 기획서 같은 걸 받기는 했는데 진행을 맡은 연예인과 아나운서 이름, 촬영 시작 시간이랑 스튜디오 위치 같은 정보만 적혀 있고 별다른 내용은 없었어요. 사카타 씨가 지능 초인 결정전을 본 적 있냐고 묻기에 그렇다고 대답했더니 대충 그런 느낌이라고 하던데요."

"그것 말고 또 무슨 이야기 했어?"

"프로그램 구성상 내 소개 문구를 정해야 하는지 무슨 직함이나 특기나 내세울 만한 경력이 있냐고 묻더라고요. 간신히 쥐어 짜내서 '고등학생 오픈대회 준우승'이랑 '초등학생 농구 현 대표 선발'을 말했더니 사카타 씨가 조금 약하다고 했어요."

"프로그램에서는 '도쿄대 수석남'이라고 나왔던데."

"그러니까요. 내가 후보 문구를 몇 개 말하다가 졸업논문으로 '니치코상'이라는 상을 받았다는 소리를 했거든요. '니치코상'은 원래 교양학부에서 주는 상인데 졸업논문이나 석사논문을 열심히 쓴 사람한테 주는 상이에요. 물론 영예로운 상이지만 학부에서 여러 명 받을 수 있는 상이니 수석이라는 표현은 맞지 않죠. 애초에 대학 성적이 그리 좋지도 않고요."

"그렇구나."

"무엇보다 수석이라니 웃기죠. 제가 알기로는 도쿄대에서는 수석이라는 말을 안 써요. 졸업식에서 답사를 읽는 사람을 총대표라고 부르기는 하지만 총대표를 무슨 기준으로 뽑는지도 모르고요. 도대체 다른 학부 학생과 어떻게 성적을 비교한다는 말이에요? 비교해 봤자 의미 있어요?"

"확실히 그것도 그래."

"녹화 당일 대본을 받기 전까지만 해도 '도쿄대 수석남'이라는 부끄러운 소개 문구가 붙을 줄 생각도 못 했죠. 수석은 거짓이니 바꿔 달라고 사카타 씨에게 직접 부탁했지만 다른 문구를 생각해 본다는 식으로만 말하고 확답은 못 받았어요. 참고로 저한테 제의하기 전에 출연을 거절한 사람도 제작진이 준비한 소개 문구를 이해할 수 없어서 취소했대요. 'IQ 200의 천재'였다더라고요. 사실은 초등학생 때 반에서 IQ가 가장 높았던 정도였나 봐요."

"네가 4회 이후에 출연하지 않은 것도 그것 때문이야?"

"그것도 큰 이유 중 하나였죠. 결국 '도쿄대 수석남'으로 방송됐고 그 때문에 한동안 친구들한테 '수석'이라고 놀림 받았어요."

"그랬구나."

덧붙여서 '역대 최연소 공인회계사 합격남'이 당시 혼조 기즈나의 소개 문구였다. 혼조는 고등학교 1

학년 때 16세로 공인회계사 시험에 합격했다.

"그 이후에는 TV 출연이 무서워졌어요. 'Q-1 그랑프리'도 '초인 열전' 제작진이 시드 배정을 해줄 테니 2차 예선부터 나가지 않겠냐고 제안했지만 또 이상한 문구로 소개될까 봐 거절했죠."

"내가 결승전까지 올라갈 수 있었던 건 네가 출전 하지 않은 덕분일지 몰라."

"아뇨, 선배라면 제가 출연했어도 결승전에 올라 갔을 거예요."

"그런데 말이야, 네가 나갔던 '지능 초인 결정전' 에서 유명한 장면 있잖아."

"혼조 기즈나 말이에요? 노벨문학상 수상자를 모두 적은 녀석."

"그래. 그 문제 때 너도 쉰일곱 명까지 썼잖아. 그렇게 많이 알고 있었어?"

"아뇨. 사실 그거 말인데, 녹화 전날 밤에 디렉터가 출연자 전원에게 문자를 보냈어요. '내일 일문다답 문제에 노벨문학상 관련 문제가 나올 수도 있다'라고. 그래서 자기 전과 다음 날 아침에 부랴부랴 외웠죠."

"그렇게 된 거구나."

"뭐, 어쨌든 혼조 기즈나는 괴물이에요."

야마다가 말을 이었다.

"전 예전부터 퀴즈를 해 왔으니 노벨문학상 수상자도 원래 마흔 명 정도 알고 있어서 실질적으로는 스무 명 정도만 더 외운 셈이거든요. 그런데 당시 혼조는 아직 퀴즈에 몸담지 않았을 때고 단순히 공부를 잘한다는 사실만으로 방송에 출연했기 때문에 분명 처음부터 외웠을 거예요. 저도 암기가 약한 편은 아니지만 절대 그렇게는 못 해요."

"그거 짬짜미였던 것 같아?"

"짬짜미냐 아니냐로 따지면⋯⋯ 어렵네요. 아리송해요. 하지만 적어도 출연자 모두에게 문자를 보냈으니 공평했고 녹화 현장에서 제작진이 혼조에게 답을 알려준 것도 아니니 혼조가 열심히 외워 온 건 사실이라고 생각해요."

"그렇구나. 그러면 혼조 기즈나의 인상은 어땠어?"

"글쎄요⋯⋯. 녹화가 끝나고 저한테 와서 오늘 고마웠다고 하더라고요. 저뿐 아니라 다른 출연자와 제작진 한 사람 한 사람에게 모두 인사했어요. TV에 계속 나오는 사람은 화면 밖에서 이렇게 처신하는구나 감탄했죠."

야마다의 이야기를 듣고 나자 혼조 기즈나라는

인물을 아주 조금 알 것 같았다. 혼조는 타인이 바라는 역할을 완벽하게 연기하는 남자다.

프로그램에 '노벨문학상 수상자 문제가 나온다'라는 말을 들으면 모든 수상자를 암기한다. '초인 열전'에서 '초인'이라는 역할을 맡으면 그 역할을 끝까지 해낸다. '세상을 머릿속에 저장한 남자'라는 문구를 받은 혼조 기즈나는 진심으로 세상을 머릿속에 저장하려고 했는지 모른다.

혼조 기즈나라는 사람을 아주 조금 이해한 듯했다.

Q

네 번째 문제를 앞둔 나는 심호흡하고 양어깨를 빙빙 돌렸다. 대결 상대가 오답을 각오하고 버튼을 눌러서 운 좋게 정답을 맞혔을 때의 루틴이었다. 이렇게 문제를 놓쳤을 때 냉정을 잃기 쉽다는 것을 안다. 상대가 운이 좋았을 뿐 자신의 판단은 틀리지 않았다. 같은 상황이 백 번 찾아온다고 해도 나는 백 번 모두 참을 것이다. 혼조 기즈나가 버튼을 백 번 누른다고 해도, 정답을 백 번 맞힌다고 해도. 내 판단은 틀리지 않았다. 그러니 방식을 바꿀 필요도 없다. 이 말을 주문처럼 머릿속에 되뇌었다.

"혼조 씨, 버튼을 정말 빨리 눌렀는데 어떻게 정답을 알았죠?"

진행자가 물었다.

"문제 처음에 1915년이 들린 순간 역사적인 사건이 나올 일은 거의 없다고 느꼈어요. 전년인 1914년이라면 후보가 많지만 1915년은 별로 없고, 굳이 생각하자면 '21개조 요구[18]' 정도겠죠. 그래서 노벨상 문제가 나오지 않을까 어느 정도 예상했기 때문에 다음 단어를 듣자마자 버튼을 눌러야겠다고 생각했어요. 저는 노벨상 수상자의 수상 부문, 수상 년도, 국적, 수상 이유를 전부 외웠습니다. 1915년은 생리의학상과 평화상 수상자는 없고 경제학상은 아직 생기지 않았을 때죠. 수상자는 화학상의 리하르트 빌슈테터, 문학상의 로맹 롤랑, 그리고 물리학상의 브래그 부자 네 명입니다. 'X선'이라는 단어가 들린 순간 브래그 부자 중 한 사람이 답이라는 것을 알았습니다."

"왜 아들이 답이라고 생각했나요?"

---

[18] 제1차 세계 대전 중인 1915년 1월에 일본이 자신들의 권익 확대를 위해 중국에 요구한 21개 조항.

너의 퀴즈

"아들 로렌스 브래그는 당시 최연소 노벨상 수상자였습니다. 저도 최연소 공인회계사 합격자라서 예전부터 친근감을 느꼈어요."

"그렇군요. 천재끼리 통하는 친근감이 있군요."

진행자가 말을 끊었다. 나는 혼조의 대답을 들으며 감탄하면서도 역시 위험부담을 안고 버튼을 눌렀구나 싶었다. 혼조 기즈나는 '친근감'이 두 가지 선택지 중 하나를 선택할 수 있던 근거라고 했지만 나는 '친근감'으로 정답을 말한 적이 없다. 물론 그 나름의 립서비스일 뿐 다른 근거가 있을지도 모른다. 그리고 애초에 이 프로그램 자체가 조작된 판이었다면 근거 따위는 필요 없다.

진행자가 시선을 내리깔자 스튜디오 전체가 다음 문제를 준비했다. 나는 버튼 위에 오른손을 얹고 천천히 눈을 감았다.

"문제⋯⋯"

그 소리에 눈을 떴다.

"산 정상까지 등산로가 여섯 계단뿐이며 해발—"

버튼에 힘을 실었다.

삐—

내가 버튼을 누른 타이밍과 소리가 울린 타이밍이 미묘하게 어긋났다.

불안한 마음으로 확인하니 역시 혼조의 램프에 불이 들어와 있었다. 정답을 알지만 버튼을 누르는 속도에서 졌다.

"덴포잔."

혼조가 큰 목소리로 또박또박 대답했다. 자신 있는 모습이었다.

땡.

오답이었다. 관객석에서 한숨이 흘러나왔다.

'그렇구나!'

나는 묘한 사실에 감탄했다. 혼조는 '세상을 머릿속에 저장'했기에 오히려 이 문제를 틀렸다. 나처럼 퀴즈 대회만 출전해 온 퀴즈 플레이어였다면 당연히 틀리지 않을 문제였다.

득점은 여전히 2대1.

혼조는 두 번까지만 허용되는 오답 기회 중 한 번을 초반에 사용했다. 흐름이 나쁘지 않다. 무대 위의 나는 생각했다.

Q. 산 정상까지 등산로가 여섯 계단뿐이며 해발 3미터로 일본에서 가장 낮은 산으로 알려진, 센다이시에 있는 이 산은 무엇일까요?

A. 히요리야마.

Q

2011년 3월 11일, 혼조 기즈나는 야마가타현 쓰루오카시에 있었다.

"바이오테크놀로지 연구원이셨던 아버지가 쓰루오카시 연구소로 발령받았어요."

혼조 기즈나의 동생인 혼조 유토가 내게 알려준 사실이다.

"당시 저는 초등학생이었고 형은 중학생이었어요. 참고로 아버지의 임기가 끝난 2012년까지 쓰루오카시에 살았습니다."

유토는 예의 바른 청년이었다. 유도를 해서 그런지 혼조 기즈나보다 어깨가 넓고 체격이 좋았다. 키가 크고 콧대가 높은 점은 비슷하지만 얼굴은 그리 닮지 않았다. 국립대 의학부가 목표라서 동아리 활동이 끝난 뒤 매일 입시학원에 다닌다고 했다.

"형처럼 도쿄대 이삼에 붙을 정도로 머리가 좋지 않아서 매일 죽도록 노력하고 있어요."

도쿄대 이삼은 도쿄대 이과 삼종의 줄임말로 의학부에 진학하는 사람들이 입학하는, 일본에서 가장 들어가기 어려운 학교다. 혼조 기즈나는 이과 삼종에 단번에 합격했다.

"동일본대지진이 일어났을 때 우리 가족은 야마가타에 있었는데 쓰루오카시는 바다와 떨어져 있어서 쓰나미나 원자력 발전소 피해를 입지는 않았어요. 찬장이 쓰러지거나 냉장고가 조금 움직인 정도였죠. 하지만 아버지의 고향이 센다이라 많은 친척이 재해를 입는 바람에 한동안 정신 없었던 기억이 나요."

"형은 어땠어요? 뭔가 바뀐 점이라거나……."

"글쎄요."

유토는 팔짱을 끼고 잠시 생각하더니 말을 이었다.

"뭐, 상관없겠죠. 형이 직접 공개하기도 했고."

"뭘 말인가요?"

"형은 지진이 나기 반년 전쯤부터 등교 거부했어요. 학교에서 상당히 괴롭힘당했던 것 같아요. 구체적으로 무슨 짓을 당했는지는 모르지만."

"그랬나요?"

"어디 잡지 인터뷰에서 형이 스스로 그때 이야기를 했으니 그걸 읽으면 조금 더 자세히 알 수 있을 거예요. 학교폭력을 당하면서 형의 성격이 많이 달라진 것 같아요."

"어떤 식으로 변했는데요?"

"그전까지는 성격도 밝고 학교를 중심으로 생활

하는 사람이었거든요. 초등학생 때는 전교 회장도 했고 지역 축구 클럽 주장이기도 했어요. 공부도 운동도 잘하고 아시다시피 얼굴도 잘생겨서 여자아이들에게도 인기가 많았죠. 하지만 학교에서 괴롭힘을 당한 뒤로는 집에서도 말수가 없어졌어요. 자기 방에 틀어박혀 맨날 도서관에서 빌려온 도감이나 책만 읽었어요. 무슨 생각인지 종잡을 수 없던 부모님이 걱정스러운 마음에 여러 번 상담사에게 데리고 갔지만 결국 달라진 건 없었죠."

"괴롭힘을 당한 원인은 무엇이었나요?"

"사소한 일이었던 것 같아요. 선배들과 분쟁이 벌어져서 아이들이 형에게 중재를 부탁했는데 '자기와 상관없는 일이다'라며 거절한 모양이에요. 겁쟁이라는 욕으로 시작해서 결국에는 반 전체에게 무시당했나 봐요. 참고로 저도 형한테 직접 들은 이야기는 아니고 아까 말한 잡지 인터뷰에서 읽은 거예요."

유토가 말한 인터뷰는 잡지 'TV 팬'의 '초인 열전' 특집호에 실렸다.

혼조 기즈나가 중학생이 되자마자 점심시간 운동장 사용권을 놓고 선배들과 실랑이가 붙었다. 그 선배는 혼조 기즈나와 같은 초등학교 졸업생이자 축구 클럽 선배이기도 했다. 혼조 기즈나는 운동장 사용권 분쟁에 관여하지 않았지만 반 학생들은 '화요일과 목요일 점심시간은 1학년이 운동장을 사용한다'는 암묵적인 규칙을 준수하라는 말을 그 선배에게 전해달라고 혼조 기즈나에게 부탁했다. 그러나 혼조 기즈나는 선생님께 말하라며 그 부탁을 거절했다. 그것이 첫 번째 계기였다고 한다. 시시한 이유였다. 괴롭힘은 점점 심해져서 반 전체가 무시하거나 동네 강에 뛰어들라고 강요하거나 슈퍼마켓에서 과자나 주스를 훔치게 했다고 한다. 거부하면 거부할수록 점점 괴롭힘이 심해지다 보니 결국 괴롭힘을 주도하는 무리의 말에 따를 수밖에 없었던 듯했다. 그리하여 혼조 기즈나는 2학기부터 등교를 거부했다. 낮에는 도서관에서 손에 집히는 대로 책을 빌려와 들입다 독파했다고 한다.

　―차라리 무슨 자격증이라도 따면 어떻겠니?

　보다 못한 아버지의 말에 기상예보사와 공인회계사 문제집을 사 왔다. 그렇게 중학교 2학년 때 기상예보사 자격증을, 고등학교 1학년 때 공인회계사 자격증을 취득했다.

　"지진이 일어난 뒤 형은 다시 학교에 갔어요. 어떤 심경의 변화가 있었는지는 모르지만 이듬해 도쿄로 돌아올 때까지 형은 하루도 빠지지 않고 등교했어요. 그사이에 괴롭힘도 많이 나아진 것 같았죠."

"괴롭히던 아이들과 사이가 좋아졌나요?"

"네. 작년 말인가에는 쓰루오카시까지 가서 중학교 반창회에 참석했거든요. 그렇게 괴롭힘을 당했는데도 말이에요. 저는 이해가 안 가요. 미시마 씨는 이해가 되나요?"

"모르겠네요. 하지만 모순되면서도 알 것도 같아요."

"왜 그랬을까요?"

"물론 저는 혼조 기즈나 본인이 아니니 그 마음은 알 수 없어요. 다만 어쩌면 복수를 하러 간 것이 아닐까 생각할 따름입니다."

"복수요?"

"형님은 도쿄로 돌아와서 도쿄대 의학부에 입학한 뒤 '초인 열전'으로 TV 영웅이 됐잖아요. 지금은 TV 앞에 수많은 팬이 있고 트위터에는 팔로워가 50만 명 있죠. 옛날에 자신을 괴롭히던 사람들에게 지금 모습을 보여주고 싶었는지도 몰라요."

"그런 평범한 사람이 품을 법한 감정이 과연 형에게도 있을까요?"

"모르겠네요."

정말로 모르겠다. 하지만 만약 내가 같은 일을 당

했다면 그랬으리라 짐작할 뿐이다.

자신을 괴롭힌 무리에게 성공한 나를 보여준다. 너희처럼 시답잖은 인간들과는 달리 나는 노력해서 명성을 쌓았다. 그때 사실은 누가 옳았는지 증명해 보였다. 나는 너희와 달리 너그러운 사람이니 사인 도 해주고 같이 사진도 찍어줄게.

하지만 너희를 진심으로 경멸해.

속으로 그런 상상을 했다.

헤어질 때 유토가 말했다.

"형이 어디 있는지 알면 가르쳐 주세요. 'Q-1 그 랑프리' 날부터 집에 잘 안 들어오거든요."

"잘 안 들어온다고요?"

"며칠에 한 번꼴로 오는 것 같기는 한데 제가 학 교에 간 사이에 오는 것 같아요. 형이 뭘 하는지 엄마 도 모르시는 눈치라 조금 걱정이 돼요."

동일본대지진이 일어난 날, 나는 고등학교에서 퀴즈를 풀고 있었다.

당시 나는 고등학교 1학년이었는데 개최일이 다 가온 'abc'에 대비해 매일 열심히 대책을 세웠다. 'abc'는 대학교 4학년까지 학생을 대상으로 진행하 는 단문 버튼 빨리 누르기 퀴즈 대회로 출전자 수도 대회 규모도, 그리고 우승으로 얻는 명예도 퀴즈계에서 가장 컸다. 운동선수에게 올림픽이 있는 것처럼 학생 퀴즈 플레이어 대부분에게는 이 대회에서 성과를 남기는 것이 하나의 목표였다.

선배에게 물려받은 예상문제집을 몇 권이나 풀었다. 다른 학교 퀴즈 연구부와 정보를 교환하고 질 좋은 문제집을 빌려 보기도 했다.

그날은 후배 한 명과 새로운 단문 퀴즈 문제집을 구해와서 부원들과 연구하던 중이었다. 지진이 일어난 순간에 나온 문제를 토씨 하나 틀리지 않고 기억한다.

Q. 일본에서 가장 높은 산은 후지산입니다. 그러면 오사카시 미나토구에 있는 일본에서 가장 낮은 산은 무엇일까요?

나는 버튼을 먼저 눌러서 정답을 맞힐 기회를 얻었다. 그런데 답을 말하지 못했다. 버튼을 누른 순간이미 땅이 크게 흔들렸기 때문이다. 책상 위에 있던 버튼이 정답 우선권을 나타내는 램프에 불이 켜진 채 바닥에 떨어졌다. 득점 상황을 적은 화이트보드가 쓰러질 뻔해서 문제를 읽던 부원이 황급히 붙잡았다. 나는 책상다리를 붙잡은 채 진동이 멎을 때까지 바닥에 엎드렸다.

고등학교는 시험 후 휴일 기간이어서 학교에 있는 학생은 몇 명 없었다. 선생님이 교내를 돌아다니며 이상은 없는지, 부상자는 없는지 살폈다. 등교한 학생은 체육관에 모였다가 안전이 확인된 뒤 집으로 돌아가도 좋다고 허락받았다. 전철이 운행하지 않거나 부모님과 연락이 닿지 않아서 집으로 돌아갈 수 없는 학생은 학교에 묵게 됐다.

나는 학교가 있는 도쿄에서 몇 시간이나 걷고 버스 등을 탄 뒤 간신히 지바에 있는 집까지 돌아갈 수 있었다. 집에 도착한 시각은 저녁 8시였다. 집에는 어머니와 형이 있었고 아버지는 아직 퇴근 중이라고 했다. 식기가 몇 개 깨졌을 뿐 우리 집은 피해가 그다지 크지 않았다.

TV에서는 쓰나미로 불이 난 영상이 흘러나왔다. 화면이 바뀌면서 산 중턱까지 쓰나미가 덮쳐 휩쓸려가는 장면이 나왔다. 현실 같지 않았다.

자기 전 나는 지진이 발생한 순간 나온 문제를 떠올렸다. 오사카시 미나토구에 있는 일본에서 가장 낮은 산은 덴포잔이다.

즉 지진이 발생한 그날 기준으로는 혼조 기즈나

가 말한 '덴포잔'이 정답이었다.

그로부터 3년 넘게 흐른 어느 날, 도쿄 료고쿠에서 열린 오픈대회 결승전에서 그때와 똑같은 문제가 출제됐다.

일본에서 가장 높은 산은 후지산입니다. 그러면 2014년 4월, 국토지리원이 일본에서 가장 낮—

버튼을 누른 사람은 나였다.

'그러면 문제'라고 불리는 유명한 문제 형식으로 후반부가 진정한 문제인 구조였다. '일본에서 가장 높은 산은'으로 시작하지만 '세계에서 가장 높은 산은? (A. 에베레스트)', '일본에서 두 번째로 높은 산은? (A. 기타다케)' 등으로 이어진다.

나는 이 문제를 풀 때 '누르고 문제 듣기' 방식을 사용했다. '누르고 문제 듣기'란 버튼에 불이 들어온 뒤 출제자가 문제 읽기를 멈출 때까지 잠깐의 시간 차를 이용하는 기술이다. 아직 답을 모르는 상태에서 버튼을 누른 뒤 그 순간 출제자가 멈추지 못하고 발음하는 소리를 듣고 답을 정한다. 나는 '일본에서 가장'이라는 말을 들은 시점에 다음에 나올 한 글자가 정답을 결정한다는 사실을 눈치챘다. 출제자가

'낮'이라고 발음했다. 그러니까 이 문제는 '일본에서 가장 낮은'일 터다.

'일본에서 가장 높은 산은'으로 시작해 '일본에서 가장 낮은 산은 무엇일까요'로 끝난다. 국토지리원이 덴포잔을 '일본에서 가장 낮은 산'으로 인정했다는 정보는 들은 적 없지만 어쨌든 정답은 분명히 '덴포잔'이리라.

"덴포잔."

나는 어떠한 운명을 느끼며 지진이 일어난 날 남겨 두고 온 정답을 말했다.

땡.

오답을 알리는 소리가 울렸다.

"일본에서 가장 높은 산은 후지산입니다. 그러면 2014년 4월, 국토지리원이 일본에서 가장 낮은 산으로 인정한, 미야기현 센다이시 미야기노구에 있는 산은 무엇일까요? 정답은 '히요리야마'입니다."

그 오답까지 더해 나는 그날 대회에서 우승을 놓치고 말았다.

집으로 돌아가는 길에 '히요리야마'를 조사했다. 히요리야마는 동일본대지진 때 지반이 침하되며 덴포잔보다 낮은 산이 되었다고 한다. 내가 모르는 사이에 덴포잔은 일본에서 두 번째로 낮은 산이 되었다. 아이러니하게도 지진이 일어난 날 내가 두고 온 문제는 지진 때문에 정답이 달라졌다.

그러나 오답이었는데도 나는 형언할 수 없는 충실감으로 가득했다.

퀴즈가 살아 있다.

그런 기분이 들었다. 세상 모든 것이 퀴즈 대상이다. 세상이 계속 변하는 이상 퀴즈도 계속 변한다.

그래서 혼조 기즈나가 '덴포잔'이라고 오답을 말한 이유를 매우 잘 알았다. 나도 똑같은 실수를 한 적 있기 때문이다. 실제로 몇 년 전까지 일본에서 가장 낮은 산은 '덴포잔'이었다.

애초에 혼조 기즈나는 퀴즈 플레이어가 아니었다. 그렇기에 머릿속에 저장한 세상의 정보가 갱신된다는 사실을 몰랐다. 지식은 자동으로 업데이트되지 않는다. 어느 시점까지 통설이었던 정보가 틀렸음이 증명되고 새로운 통설이 등장한다. 학자의 발견에 따라 물질의 성질이 바뀌거나 풀지 못하던 수학 문제가 증명되기도 한다. 국가가 독립해서 새 국가가 탄생하거나 행정구역이 통폐합되면서 일본에서 가장 큰 시가 바뀌기도 한다. 세상이 변화하는 한 퀴즈의 정답도 바뀐다. 퀴즈대회장에서 나는 그 사실을 몇 번이나 뼈저리게 느꼈다.

　화면 한가운데에 잡힌 혼조 기즈나의 의아한 표정을 보면서 프로그램이 끝난 뒤 도미즈카 씨와 택시를 타고 집으로 돌아왔을 때가 떠올랐다.

　―했다는 생각은 안 들었어요.

　나는 그렇게 말했다. 마지막 문제까지 나는 짬짜미를 전혀 의심하지 않았다. 그 근거 중 하나가 이 오답이었다. 답을 미리 알았는데 '덴포잔'이라고 자신만만하게 오답을 말할 수 있을까? 오답인 줄 알면서도 이런 표정을 지을 수 있을까?

　'덴포잔'이라는 오답은 짬짜미라기에는 몹시 날것의 반응으로 느껴졌다.

　2011년의 혼조 기즈나를 상상했다.

　학교에서 지옥을 맛보며 분노와 슬픔과 체념 속에서 방이라는 자신만의 세계에 틀어박혔다. 그래도 그는 세상을 알고 싶었다. 도서관에서 빌린 책을 읽고 머릿속에 또 하나의 세계를 만들어내려고 했다. 어쩌면 '덴포잔'도 그 무렵에 알았을지 모른다. 도서관에서 빌린 책 어딘가에 당시 일본에서 가장 낮았던 그 산이 적혀 있었겠지.

　지진을 겪은 혼조 기즈나의 내면에 변화가 일었

다. 무엇이 변했는지는 아직 모르지만 아무튼 혼조 기즈나는 다시 자신의 방을 나가기로 결심했다. 그가 야마가타현에서 경험한 일은 분명 '혼조 기즈나'라는 퀴즈 플레이어의 인생에 커다란 영향을 미쳤을 터다.

'야마가타현'이라는 지명에 나는 떠올랐다. '엄마. 클리닝 오노데라예요'는 야마가타현을 중심으로 점포를 운영하는 세탁 체인점이다. 그는 야마가타현에 산 적이 있고 '엄마. 클리닝 오노데라예요'를 잘 알았다.

혼조 기즈나가 '엄마. 클리닝 오노데라예요'를 알고 있던 이유를 깨달았다.

물론 퀴즈의 답을 전부 안 것은 아니지만 나는 차근차근 앞으로 나아가고 있다.

Q

퀴즈에는 '확정 포인트'가 있다. 아니, 정확하게는 '있다'고 알려졌다.

확정 포인트란 문제 중에 퀴즈의 답을 확정할 수 있는 포인트를 뜻한다. 문제를 듣기 전에는 무한한 선택지가 존재하지만 문제를 들으면서 그 선택지를 점점 추린다. 그리고 어느 순간 하나만 남는다.

예컨대 〈임무의 제한 시간인 '0시 1분'을 뜻하는 제목입니다. 개빈 라이얼의 이 하드보일드 소설은 무엇일까요?〉라는 문제가 있다고 하자. '임무의 제한 시간인 0시 1분을 뜻하는 제목'에서 이 문제의 답은 『심야 플러스 원』밖에 없다고 깨닫는다.

물론 퀴즈는 만물을 대상으로 하므로 『심야 플러스 원』 외에도 같은 이유로 제목을 붙인 작품이 있을 수 있다. 그런 엄밀한 의미에서 정답이 확정되는 순간은 문제를 전부 읽었을 때지만 현실적으로 퀴즈는 답을 풀어내는 게임이기 때문에 문제 어딘가에 반드시 '(현실적인 퀴즈로서) 확정 포인트'가 존재한다.

퀴즈 플레이어의 기본 전술은 '확정 포인트'에 버튼을 누르고 정답을 말하는 것이다. '확정 포인트'를 판단하기 위해, 혹은 '확정 포인트'로 어떤 답이 확정되는지 알기 위해 다양한 지식을 머릿속에 넣어둔다. 다른 사람이 모르는 정보를 가지고 있다면 누구보다 먼저 답을 확정할 수 있다.

조금 전에 '산 정상까지 등산로가 여섯 계단뿐이며 해발 3미터로 일본에서 가장 낮은 산으로 알려진, 센다이시에 있는 이 산은 무엇일까요?'라는 문제는 사실 '산 정상까지 등산로가 여섯 계단'까지 읽었을 때 거의 정답이 확정된다. 등산로가 여섯 계단이고 퀴즈에 나올 만큼 두루 알려진 산은 '히요리야마'밖에 없으리라. 하지만 나는 히요리야마의 등산로가 여섯 계단밖에 없다는 정보를 몰랐다. 해발고도가 매우 낮은 산과 관련된 문제이리라 짐작만 하며 다음 정보가 나오기를 기다렸다. 그 사이에 혼조가 버튼을 누르고 말았다. 결과는 오답이었지만.

내게 '완벽한 버튼 누르기'는 문제가 확정된 순간에 버튼을 눌러 백 퍼센트 자신 있게 정답을 말하는 것이다. 많은 퀴즈 플레이어가 이 미학에 동의할 것이다.

"미시마 씨, 운이 좋네요."

진행자가 내게 말했다. 퀴즈 플레이어가 아닌 이상 그렇게 생각하겠지만 그 순간 나는 운이 좋았다고 생각하지 않았다. 원래라면 내가 버튼을 눌러 정답을 맞힐 문제였다. 무대 위에 선 나는 혼조 기즈나보다 버튼을 늦게 눌렀다는 생각이 앞섰다.

"그러네요."

짧게 대답했다. 역시 재미없는 대답이다.

지금 생각하면 그 자리에서 혼조 기즈나의 오답

인 '덴포잔'에 대해 부연해야 했다. "혼조 씨가 답한 '덴포잔'은 사실 일본에서 두 번째로 낮은 산입니다. 동일본대지진 때문에 '히요리야마'의 해발고도가 낮아지기 전까지는 일본에서 가장 낮은 산이었죠"라고 말해도 좋았을 터다. 적어도 왜 오답인지 시청자의 이해를 도울 수 있었다.

"혼조 씨, 지금 오답을 말씀하셨는데 기분이 어떤가요?"

진행자가 화제를 돌렸다. 혼조 기즈나는 잠시 시간을 둔 뒤 대답했다.

"과거 이탈리아 축구 대표팀 에이스였던 로베르토 바조는 1994년 미국 월드컵 결승전에서 페널티킥을 실축한 뒤 '페널티킥을 넣지 못하는 사람은 페널티킥을 찰 용기가 있는 사람뿐이다'라고 말했죠. 오답을 말할 수 있는 사람은 문제를 풀 용기가 있는 사람뿐이에요."

"역시 혼조 씨다운 대답이네요."

진행자의 말에 혼조가 덧붙였다.

"아뇨, 저는 그저 오답을 인정하기 싫어 억지를 부릴 뿐입니다."

화면 가장자리에 입을 벌린 채 있는 내 모습이 찍혔다. 또렷이 기억한다. 생방송에서 청산유수 같은 이야기로 오답을 지식과 웃음으로 승화하는 혼조 기즈나에게 몹시 놀란 기억이 난다. 새삼 자신과는 다른 세계 사람이라고 느꼈다.

"그럼 다음 문제로 넘어갑니다."

진행자가 웃으며 말했다.

"문제……"

정신을 차리고 문제에 집중했다.

나는 혼조 기즈나가 아니다. 내 역할은 프로그램 분위기를 띄우는 일이 아니다. 퀴즈 정답을 맞히는 것이다.

"헤이안 시대, 야마시로노쿠니[19]의 도공ヵェ—"

버튼을 눌렀다. 내 정답 우선권을 뜻하는 불이 들어왔다. 혼조 기즈나는 반응하지 않았다.

나는 지금부터 정답을 말할 것이다. 백 퍼센트 자신 있다. 그렇게 생각한다.

'헤이안 시대, 야마시로노쿠니의—'가 들린 순간 명검 '미카즈키 무네치카'나 미카즈키 무네치카를 만든 인물인 '산조 무네치카'가 정답이리라 예측했다. 나는 '도'자가 들린 순간 버튼을 눌렀다.

---

[19] 과거 일본 율령국 제도 시기에 존재하던 행정구역 중 하나로 현재의 교토 남부.

문제는 '헤이안 시대, 야마시로노쿠니의 도공'이다. 아마 '도공이'라는 식으로 이어질 것이다. 도공의 이름이 아니라 칼의 이름을 묻는 문제이리라.

거기까지 생각할 여유마저 있었다.

"미카즈키 무네치카."

자신 있게 대답했다. 한 치의 망설임도 없었다. 정답을 백 퍼센트 확신했다.

딩동댕.

스튜디오에 있던 몇 사람에게는 내가 완벽한 타이밍에 버튼을 눌렀다는 사실이 전해졌을지도 모른다. 박수 소리가 제법 컸다.

이제 3대1이다.

나는 다시 리드 폭을 벌렸다.

Q. 헤이안 시대, 야마시로노쿠니의 도공(刀工)이 만들었으며 대대로 도쿠가와 쇼군 가문에서 소장해 왔습니다. 국보로도 지정된 천하오검 중 하나인 이 일본도는 무엇일까요?

A. 미카즈키 무네치카.

Q

퀴즈 덕분에 여자아이와 친해진 적이 딱 한 번 있다.

그날 나는 대학의 같은 분반 소속인 이시마라는 친구의 갑작스러운 부름에 시모키타자와에 있는 선술집에 갔다. 그곳에는 이시마와 처음 보는 여자아이가 있었다. 내가 도착한 순간 그 아이가 말했다.

"실물이다!"

"거봐, 내 말이 맞지?"

이시마가 술에 빨개진 얼굴로 고개를 끄덕였다. 나는 자신도 모르게 물었다.

"무슨 말이야?"

"아니, 얘가 '1대100'을 좋아한다기에 친구가 전에 '1대100'에 나온 적이 있다고 말했거든. 네가 나온 방송도 봤나 봐. 널 만나고 싶다고 하더라고."

'1대100'은 TV 퀴즈 프로그램이다. 퀴즈 플레이어 한 명이 아마추어 백 명과 퀴즈대결을 펼치는 방송이다. 퀴즈 연구회 소개로 출연한 적이 있다. 아쉽게도 파이널 스테이지 직전에 패하고 말았지만.

이시마의 친구라는 아이가 프로그램에 대해 이것저것 물었다. 사회를 맡은 배우에 대해서나 녹화까지 진행되는 과정 등에 대해서였다. 나는 그 배우와

고향이 같아서 대기실에서 잠깐 대화를 나눈 일과 녹화 전에 불고기 도시락이 나온 일을 말했다.

30분쯤 지났을 때 그 여자아이의 친구가 합류했다. 두 사람은 고등학교 동창이라고 했다. 친구의 이름은 기리사키였고 전문학교 재학생이었다.

기리사키는 어딘가 불편해 보였고 술자리에서 말을 아꼈다. 이시마가 하는 말에 분위기를 맞추려 억지로 웃는 느낌이었다.

넷이서 술을 마시고 전철이 끊기기 전에 술집을 나왔다. 나는 기리사키와 집 방향이 같아서 오다큐 선 플랫폼에서 함께 전철을 기다렸다.

모르는 사람만 있는 술자리에 갑자기 불려와 어울리지 못한 채 집으로 돌아가게 된 기리사키가 안쓰러워서 물었다.

"취미 있어요?"

나는 퀴즈 플레이어인 덕분에 이런 질문을 주저없이 할 수 있었다. 상대의 취미가 무엇이든 대부분 대화를 이어갈 수 있기 때문이다.

"아마 말해도 모를 거예요……."

기리사키가 부끄러운 듯 시선을 내리깔았다.

"아마 알걸요? 어떤 화제든 따라갈 수 있는 능력이 있거든요."

스스로도 왜 그런 말을 했는지 이해되지 않는다. 술기운 때문이기도 할 테고 조금 짜증도 났던 것 같다. 당시 나는 대학교 2학년이었는데 그해 오픈대회에서 일곱 번 우승했고 '나는 누구보다 퀴즈를 잘한다' 같은 오만한 마음도 있었다. 자신이 따라가지 못할 화제 따위 이 세상에 없다고 생각했다.

　　"……일본도를 좋아해요."

　　그 아이가 작은 소리로 말했다.

　　"미카즈키 무네치카 같은 거요?"

　　"네네, 맞아요! 어떻게 무네치카를 아세요?"

　　기리사키가 갑자기 큰 소리로 말해서 조금 놀랐다.

　　"도지기리 야스쓰나, 오니마루 구니쓰나, 오덴타 미쓰요, 주즈마루 쓰네쓰구. 이 네 검과 함께 '천하오검'이라고 불리죠."

　　"주즈마루도 알아요?"

　　"네. 퀴즈 때문에 외웠거든요."

　　"또 아는 일본도가 있으면 다 알려 주세요!"

　　돌아가는 전철 안에서 내가 아는 일본도 지식을 풀어놨다. 일본도에는 다치[20], 가타나[21], 와키자시[22], 단도[23] 등 여러 종류가 있다. 다치는 길이가 거의 60센티미터 이상이고, 오타치는 90센티미터 이상이다. 60센티미터 미만은 고타치라고 부른다. 보통 일본도라고 부르는 날이 휜 다치는 조헤이텐교의 난[24] 이후에 만들어졌다.

기리사키가 내릴 역이 가까워졌다.

"일본도에 대해 더 알고 싶어요."

기리사키가 말했다. 나는 큰마음 먹고 연락처를 물었다. 이렇게 우리는 단둘이 다시 만나게 됐다.

네 번째쯤 데이트를 한 뒤 사귀는 사이가 됐다. 기리사키는 나를 '능력자'라고 불렀다. 어떤 화제가 나와도 대화를 이어갈 능력이 있다고 한 내 말 때문에 붙은 별명이었다.

사권 지 한 달 정도 지났을 때 기리사키가 말했다.

"사실 나 '도검난무'라는 게임에 빠져 있어."

"일본도를 의인화한 게임 맞지?"

"응. 처음 만났을 때 내가 일본도를 좋아한다고 했잖아. 그거 '도검난무' 이야기였어."

---

20 외날에 칼날이 휘고 길이가 76센티미터 이상인 허리에 차는 일본도.
21 외날에 칼날이 약간 휜 길이가 60~70센티미터인 일반적인 일본도.
22 외날에 칼날이 약간 휜 길이가 30~60센티미터인 짧은 일본도.
23 외날에 칼날이 휘지 않은 길이가 30센티미터 미만인 짧은 일본도.
24 헤이안 시대에 간토 지방에서 일어난 다이라노 마사카도의 난과 세토내해에서 일어난 후지와라노 스미토모의 난을 통틀어 이르는 말.

"그랬구나."

"오타쿠라고 생각할까 봐 창피해서 숨겼거든."

"창피할 일은 아니지 않아? 나도 퀴즈 오타쿠잖아."

"주변에 그 게임 하는 사람이 없는 데다 칼 이야기를 나눌 수 있어서 신이 난 바람에 그날 내가 너무 부담스럽게 떠들었던 것 같아."

"나도 일본도에 대해 아는 척 떠들었던 것 같아. 전부 퀴즈로 안 지식이라서 실물을 본 적은 한 번도 없거든."

"그럼 우리 실물 보러 가자."

기리사키의 한마디에 우리는 함께 미카즈키 무네치카와 도지기리 야스쓰나를 보러 도쿄국립박물관에 갔다.

이후에도 박물관과 미술관에 함께 다녔다. 그곳에서 내가 지닌 지식을 말하면 기리사키가 즐겁게 들었다. 나는 나대로 여자친구가 흥미를 느낄 수 있도록 항상 미리 준비했다. 그 무렵 공부해서 쌓은 지식은 나중에 여러 번 퀴즈에 도움이 됐다.

퀴즈 지식으로만 알던 그림, 조각 등 미술 작품과 건축물 등의 실물을 기리사키와 함께 보러 다녔다. 대학교 여름방학에는 둘이서 2주 동안 이탈리아와

프랑스와 스페인을 여행했다. 다음에는 그리스에 가자는 이야기도 했다.

그녀와 함께하면서 그동안 단순히 문자 정보에 지나지 않던 지식이 현실 세계와 이어졌다.

완벽한 타이밍에 버튼을 눌렀다고 느꼈다.

정답을 확정한 순간 누구보다 먼저 버튼을 눌렀다. 백 퍼센트 자신에 차서 정답을 말했다. 그렇게 점수를 쌓았다.

"일본도도 잘 아시나요?"

진행자가 물었다.

"미카즈키 무네치카를 소장한 도쿄국립박물관에 직접 가서 실물을 본 적이 있습니다."

혼조 기즈나에 비할 수 없지만 이번 대답은 나쁘지 않았다. 정답을 맞힐 수 있었던 필연성을 단적으로 설명하면서 미카즈키 무네치카가 도쿄국립박물관에 소장되어 있다는 정보도 제시했다. 무엇보다 진실을, 나 자신의 스토리를 말했다. 기리사키와 함께 미카즈키 무네치카를 실제로 본 순간이 아직도 생생하다.

"혼조 씨, 버튼을 누르지 못한 듯한데 어려운 문제였나요?"

"미시마 씨가 너무 빨라서 제가 한발 늦고 말았습니다."

확실히 어려운 문제였다. 기리사키가 없었다면, 그녀가 '도검난무'의 팬이 아니었다면 나도 그 타이밍에 버튼을 누르지 못했겠지.

컨디션도 좋고 운도 따라준다.

나는 점점 확신했다.

오늘은 이긴다.

퀴즈를 하다 보면 몇 년에 한 번쯤 그런 기분이 들때가 있다. 그리고 그럴 때는 실제로 이겼다.

"문제……"

다음 문제를 알리는 소리가 들렸다.

"화가이기도 했으며 국보 도구—"

내 램프에 불이 들어왔다. 의식하지 못한 사이에 버튼을 누르고 말았다. 무의식중에 '안다'고 판단해 자신도 모르게 버튼을 누른 것이다. 컨디션이 좋을 수록 나타나는 현상이었다.

끔찍하게도 나는 그 시점에 답을 짐작조차 못 했다.

귀로 들은 정보를 머릿속에 되새겼다. 주목해야

할 정보는 '화가이기도 했으며' 부분이다. '화가이기도 했으며 국보 ○○ 작품으로 유명한 ○○이었던 인물은 누구일까요?'라는 문장이리라. 즉 정답은 사람 이름이며 그 사람은 화가 외에도 직업이 있을 것이다.

내 목구멍에서 아돌프 히틀러가 튀어 나가고 싶어 했다.

히틀러를 퇴치해야 한다.

넌 아니야.

원래 화가였고 마지막에는 독재자였지만 국보와는 무관하며 오후 7시부터 전국 생방송으로 진행되는 퀴즈 프로그램의 정답으로 넌 부적절해.

구로다 세이키라는 이름이 떠올랐다. 구로다 세이키는 미술가로 유명했지만 귀족원 의원을 지내기도 했다. 하지만 국보로 지정된 작품이 있던가? 그는 메이지 시대와 다이쇼 시대의 인물인데 그 시대 그림이 국보로 지정되었다는 정보는 들은 적 없다. 게다가 '도구'가 무엇인지 기억나지 않는다. 어디서 들어본 것 같은데 구로다 세이키의 작품에 그런 것이 있었나?

스튜디오의 침묵이 나를 점점 압박했다. 머릿속이 새하얘졌다.

"구로다 세이키."

밑져야 본전이라는 생각으로 대답했다. 자신이 없어서 목소리가 다소 작았다. 아마 오답이겠지만 다른 답은 떠오르지 않았다. 아무 말도 하지 않은 채 제한 시간을 흘려보내느니 차라리 오답인 줄 알면서도 무슨 대답이라도 하는 편이 낫다. 만물 속에서 우연히 정답을 뽑았을 수도 있다.

땡.

오답을 알리는 소리가 울렸다.

정답은 '휘종'이었다.

"아⋯⋯."

자신도 모르게 소리가 새어 나갔다. 답을 알고 있었다. 2, 3년 전에 TV 퀴즈 프로그램의 문제를 만드는 아르바이트를 하면서 휘종이 정답인 문제를 만들었다. 그래서 분명 무의식중에 '안다'고 반응한 것이다. 하지만 나는 정답을 떠올리지 못했다.

그렇다고 해도 후회하지 않는다. 퀴즈를 풀다 보면 자주 이런 상황에 빠진다. 기억나지 않는 것은 어쩔 수 없다. 오히려 내 손가락을 깊게 믿어도 좋다. 나는 혼조 기즈나보다 빨리 눌렀고 정답을 알고 있었다. 정답까지 도달하지 못한 이유는 단순히 운이 나빴기 때문이다.

3대1.

아직 내가 앞서가고 있다.

Q. 화가이기도 했으며 국보인 '도구도(桃鳩圖)' 등 여러 작품을 남겼습니다. 1127년 정강의 변으로 금나라에 포로로 붙잡힌 북송 말기의 황제는 누구일까요?

A. 휘종.

Q

여러 해 퀴즈를 해오면서 버리게 된 감정이 있다.

바로 '창피하다'는 감정이다.

예를 들어 처음 만난 여자아이에게 '나는 어떤 화제든 따라갈 수 있는 능력이 있다'라고 말하면 보통은 그렇게 말한 사실을 떠올리기만 해도 스스로 목을 조르고 싶을 정도로 민망할 것이다. 하지만 나는 그다지 부끄럽지 않다. 중학교 3학년 무렵부터 마음속에 존재하는 창피하다는 감정을 잘라내기 시작했고 고등학교 2학년이 되었을 무렵에는 그 감정이 완전히 사라졌다. 그것이 좋은 일인지 나쁜 일인지는 별개 문제로.

중학교 3학년 때는 내가 본격적으로 퀴즈를 시작한 지 막 2년이 지났을 시기였다. 동아리 내부에서 개최하는 대회에서, 혹은 외부 오픈대회에서 좀처럼 결과를 내지 못했다. 필기시험에서는 상위권에 들어서 예선은 통과할 수 있었다. 그러나 다음 라운드에 진출해서 버튼 빨리 누르기나 보드 퀴즈를 시작하자마자 승부에 약해졌다.

실력에는 자신 있었다. 동아리 동기 그 누구보다도 열심히 퀴즈 공부를 했고 대회에서 이기고 싶다는 열망도 강했다. 그러나 결과가 나오지 않았다.

동기인 나카야마나 후배인 야마다는 오픈대회에서 입상했다.

다른 학교에서 개최한 정례 모임의 버튼 빨리 누르기 퀴즈에서 호되게 진 뒤 당시 고등학교 2학년이었던 다카하시 부장과 둘이 사이제리야[25]에 갔다. 나는 밥이 목에 넘어가지 않아 드링크 바에 있는 우롱차만 연신 마셨다.

"부장, 나는 왜 못 이길까요?"

"네가 누구보다도 열심히 하는 건 알아."

---

25 이탈리아 경양식을 판매하는 일본의 패밀리 레스토랑 체인.

다카하시 부장이 햄버그스테이크를 먹으며 말을
이었다.

"지식만 놓고 보면 또래에서 최고 수준이라고 생
각해. 분야에 따라서는 나도 못 이기잖아."

"아니에요."

겸손하게 대답하면서도 마음속으로는 '문학과
스포츠라면 지지 않는다'고 생각했다.

부장은 퀴즈 연구부의 에이스로 고등학생 오픈대
회에서도 우승했고 'abc'에서도 결승까지 올라간 경
험이 있다.

"참고로 퀴즈는 지식의 양을 겨루는 것이 아니야."

햄버그스테이크를 다 먹은 부장이 포크를 내려놓
으며 말했다.

"그럼 뭘 겨뤄요?"

"퀴즈에 얼마나 강한지 겨루지."

"퀴즈에 얼마나 강한지를 겨룬다고요?"

"너, 사람들 앞에서 틀리는 게 창피하다고 생각하
지?"

"제가 그러나요?"

말은 그렇게 하면서도 내심 그럴지도 모른다고
생각했다. 원인을 안다. 처음 참가한 대회에서 정답
이 '기저귀'인 문제가 나왔는데 '귀저기'라고 대답했

다. 천천히 다시 한번 말해 달라는 출제자의 말에 '귀저기'라고 거듭 말해 오답이 됐다.

"뭐야, 거꾸로 말했잖아."

다른 참가자가 옆에서 웃는 소리가 들렸다. 그 후로 나는 오답이 두려워졌다.

"넌 버튼 누르는 타이밍이 느려. 정답에 확신이 생기지 않으면 좀처럼 누르지 않잖아. 그래서는 이길 수 없어."

"확실히 늘 버튼 누르는 타이밍에서 지는 기분이에요."

"아무도 모르는 문제의 정답을 나 혼자만 맞힌다. 그러면 정말 기분 좋지. 최고야. 하지만 그것만으로는 이길 수 없어. 다들 아는 문제도 먼저 버튼을 눌러서 맞힐 수 있어야 해."

"그건 알지만……."

"리스크를 감수하는 것도 필요해. 상황에 따라서는 아직 50대50 확률일지라도 다른 사람보다 먼저 버튼을 눌러야 한다고. 퀴즈에서 이기려면 '창피하다'는 감정은 필요 없어. 그런 감정은 버리는 편이 나아. 사람들이 비웃든 뒤에서 손가락질하든 무슨 상관이야. 이기면 이름이 남는데."

"어떻게 하면 '창피하다'는 감정을 버릴 수 있어요?"

"'마이 웨이'라는 노래 알지?"

"미국 가수 프랭크 시나트라의 노래 맞죠? 본명은 프랜시스 알버트 시나트라. 별명은 '더 보이스'고요."

"그래. 역시 열심히 공부하고 있구나. 기억해. '창피하다'는 감정이 들 것 같으면 머릿속에 '마이 웨이'를 재생시켜. '이게 내 방식이야, 불만 있어?'라는 마음가짐으로."

"그렇군요."

그때부터 나는 창피할 것 같으면 머릿속으로 시나트라의 '마이 웨이'를 떠올렸다. 그러나 그 습관은 오래가지 않았다. 퀴즈대회 중에 마이 웨이를 생각할 여유가 없었기 때문이다. 하지만 약점을 조금씩 극복해 나갔다. 퀴즈를 계속하는 한 평생 오답과 함께해야 한다.

정답을 모르겠다. 버튼을 누르기는 했지만 정답을 모르겠다. 문제의 전체 내용을 추측해 봤지만 헛다리 짚었다. 그런 일은 비일비재했다. 하지만 나는 부끄러워하지 않고 당당하게 오답을 말했다. 학교에서 시험 볼 때 빈칸을 제출하는 것이 아까운 일이듯 퀴즈대결에서 아무 답도 말하지 않는 것 역시 아까운 행동이다. 틀렸다고 생각해도 일단 말해 본다. 틀린 것은 오답이 아니라 창피하다고 아무 답도 말하지 않는 행위다.

깨닫고 보니 일상에서도 '창피하다'고 느끼는 순간이 점점 줄어들었다. 퀴즈도 현실 세계도 같다. 무엇이든 일단 해보는 것이 최고다. 사람들이 비웃어도 상관없다. 창피하다는 생각 때문에 스스로 가능성을 닫아 버리는 행동이 더 아깝다.

퀴즈라는 경기는 사람을 변화시킨다.

분명 축구도, 체스도, 가루타[26]도, 리그 오브 레전드도 마찬가지일 테다.

모든 경기는 사람을 불가역 상태로 만든다.

그것이 좋은 방향인지 나쁜 방향인지는 별개 문제로.

Q

퀴즈에 얼마나 강한지 겨루는 것이 퀴즈다. 퀴즈에 강하다는 것은 상대보다 먼저 정답을 맞혀나갈 수 있는 능력이 강하다는 뜻이다.

---

26 포르투갈어 'Carta'에서 유래한 일본의 전통 카드놀이.

과거에 '지식의 양이라면 지지 않는다'고 생각했던 나는 'Q-1 그랑프리' 결승 무대에서 지식의 양으로는 절대 이길 수 없는 상대와 마주했다.

하지만 내가 이긴다.

나는 변했다.

나는 혼조 기즈나보다 퀴즈에 강하다.

"미시마 씨, 답을 틀리셨는데요. 어려운 문제였나요?"

"그러게요. 정답이 생각나지 않았습니다."

진행자의 질문에 순순히 인정했다.

"생각이 나지 않으셨다고요?"

"네."

질문의 의도를 몰라 짧게 대답했다.

"혼조 씨도 버튼에 손을 대고 있었는데, 혹시 정답을 알고 계셨나요?"

"맞기도 하고 아니기도 합니다. 버튼 빨리 누르기 퀴즈에서는 정답을 알고 나서 버튼을 누르면 상대에게 우선권을 빼앗겨요. 우리는 '알 것 같다' 싶으면 버튼을 누르죠. 램프가 켜지고 답을 말하기까지 그 짧은 시간에 '알 것 같다'고 생각한 답을 찾아내요. 지금 문제도 버튼을 누르려고 한 시점에는 정답을 몰랐습니다. 나중에 필사적으로 생각할 뿐이죠."

나는 감탄했다. 혼조 기즈나는 역시 대단하다. 내가 이해하지 못한 질문의 의도를 간파하고 진행자와 시청자에게 설명했다.

퀴즈 플레이어가 아닌 사람은 '정답이 생각나지 않았다'는 답변을 이해하지 못한다. 이해하느냐 이해하지 못하느냐 둘 중 하나라고 생각한다. 퀴즈 플레이어는 답을 알고 누르는 것이 아니라 '알 것 같은' 단계에 누른다. 내게는 지극히 당연한 사실이지만 평소 퀴즈를 접하지 않은 사람은 좀처럼 이해할 수 없는 감각이리라.

혼조 기즈나가 카메라를 지그시 바라봤다. 그 얼굴이 클로즈업됐다. 카메라가 움직이더니 옆에 있는 내 얼굴을 찍었다. 이마에서 땀이 흘렀다.

카메라가 줌 아웃해서 나와 혼조 기즈나를 나란히 잡았다. 키가 171센티미터인 내 눈높이는 혼조 기즈나의 턱 정도였다. 185센티미터쯤 될까?

"문제……"

그 소리에 다시 집중했다. 오답에 겁먹지 않았다.

"CNS라고 줄여서 말하기도 하는 삼대—"

혼조 기즈나가 버튼을 눌렀다. 한발 늦었다. 나도 반응했지만 혼조가 더 빨랐다. 문제가 무엇인지 이미 짐작했다.

'CNS'만으로는 아직 알 수 없다. 케언즈 국제공항의 약자일 수도 있고 중추신경계의 약자일 수도 있다. '삼대'라는 단어로 'CNS'가 삼대 학술지라는 사실을 알 수 있다. 즉 문제는 'CNS라고 줄여서 말하기도 하는 삼대 학술지는 ○○, ○○, 그리고 나머지 하나는 무엇인가?' 같은 내용이리라.

삼대 학술지는 '셀Cell', '네이처Nature', '사이언스Science'다. 상식적으로 생각하면 이 문제의 답은 셋 중 하나이고 그중 무엇이 정답인지는 모르지만 퀴즈라는 경기를 잘 이해한다면 사실 답은 거의 하나라는 것을 알 수 있다. 처음부터 퀴즈 플레이어가 아니었던 혼조 기즈나는 과연 정답을 맞힐 수 있을까?

"사이언스."

혼조 기즈나가 답했다.

망설이지 않고 침착하게.

딩동댕 소리가 울리기 전에 나는 정답이겠거니 생각했다. 이 타이밍에 버튼을 눌러 세 가지 후보 중 정답을 찾아낸 점으로 보아 혼조 기즈나는 분명 퀴즈를 공부하고 있을 터다.

어쩌면 이 결승전은 내 예상보다 훨씬 더 어렵게 흘러갈지도 모르겠다.

그때 처음으로 혼조 기즈나라는 플레이어에 대한

평가를 수정했다. '폭넓은 지식만 지닌 방송인'에서 '폭넓은 지식을 지닌 강력한 퀴즈 플레이어'로.

딩동댕.

곧바로 정답을 알리는 소리가 울렸다. 스튜디오에 커다란 박수가 울려 퍼졌다.

3대2.

혼조 기즈나가 따라붙었다.

Q. CNS라고 줄여서 말하기도 하는 삼대 학술지는 '셀', '네이처', 그리고 나머지 하나는 무엇일까요?

A. '사이언스.'

Q

'지능 초인 결정전'을 제외하면 혼조 기즈나는 2년 전 여름에 처음 퀴즈 프로그램에 출연했다('지능 초인 결정전'은 순수 퀴즈 프로그램이 아니다). 이미 '초인 열전'으로 유명해진 혼조 기즈나는 '일본 최고의 퀴즈왕은 누구? 고학력 연예인 VS 천재 대학생'이라는 특집 방송에 출연했다. 그 영상은 유튜브에 (아마도 불법으로) 업로드되어 있다.

결론부터 말하면 혼조 기즈나는 그 특집 방송에서 졌다. 처참하게 패했다.

예를 들어 첫 번째 스테이지.

"나이아가라폭포를 구성하는 폭포 세 개는?"

이 문제에 혼조 기즈나는 "뉴욕폭포, 온타리오폭포, 나이아가라폭포"라고 대답해 틀렸다. 정답은 '미국폭포, 캐나다폭포, 브라이들베일폭포'다. 나이아가라폭포가 미국 뉴욕주와 캐나다 온타리오주 국경에 있다는 사실은 누구나 아는 사실이지만, 이 문제는 퀴즈 경기에 출전한 플레이어라면 무조건 틀리지 않는 단골 문제다.

좀처럼 정답을 맞히지 못한 혼조는 연예인에게도 점수가 뒤지는 상황에 초조해졌다. 그래서 다음 문제도 오답을 말했다.

"지구에서 가장 높은 산은 에베레스트입니다. 그러면 화성에서 가장 높은 산은 무엇일까요?"

"화성산."

진행자는 그게 무슨 초등학생 같은 대답이냐며 핀잔을 줬다. 정답은 '올림푸스산'이다.

"공부는 잘해도 퀴즈는 약하네요."

첫 번째 스테이지에서 탈락했을 때 고학력 아이돌이 날린 뼈아픈 한마디에 쓴웃음을 지었다.

아마 방송에서 편집 당한 만큼 많이 틀렸으리라. 딱히 주목할 부분 없이 그의 출연은 그렇게 끝났다. '아는 것은 많지만 퀴즈는 못 하는 사람'이라는 캐릭터만 만들고서.

그 후 혼조는 퀴즈 프로그램에 자주 출연하게 된다. 모든 프로그램을 확인하지는 않았지만 내가 본 영상에서는 '이론으로만 익힌 지식으로 다른 참가자들을 웃기는' 역할이었다. 단골 문제라고 불리는, 퀴즈 플레이어라면 누구나 아는 문제가 나와도 엉뚱한 답을 말했다. 사고력을 묻는 문제에서 틀린 방향으로 치밀하게 추리해 터무니없는 오답을 내놓았다. 그 모습을 개그 요소로 이용하는 식으로 출연했다. 나뿐 아니라 다른 퀴즈 플레이어들의 머릿속에도 그때 보여준 혼조 기즈나의 인상이 강하게 남아 있을 터다. 그래서 그를 '기억력은 좋지만 퀴즈는 못 하는 사람'이라는 시선으로 바라봤다.

혼조 기즈나는 사카타 야스히코가 프로듀서를 맡은 'Q의 모든 것' 제4회 방송에서 우승하면서부터 바뀌었다. 그는 'Q의 모든 것'의 고정 출연자로 제1회부터 출연했지만 제4회에서 처음 우승했다.

나는 지인들을 찾아다니며 그중 한 명에게 'Q의 모든 것' 제4회 방송 녹화본을 받았다.

이 방송에서 그는 그동안 보여준 모습과는 전혀 달랐다. 자주 출제되는 문제는 맞히고 모르는 문제는 넘겼다. 답을 틀려서 웃기려 하지 않고 정답으로 시청자와 다른 참가자들을 놀라게 했다.

모호로비치치 불연속면, 구텐베르크 불연속면, 레만 불연속면.

페타로이드.

산타 마리아 인 코스메딘 교회.

시라세 노부.

혼조 기즈나는 퀴즈 공부를 하지 않으면 대답할 수 없는 문제들을 맞혀나갔다. 물론 아직 퀴즈 플레이어로서 어설픈 부분은 있었다. 이상한 타이밍에 버튼을 눌러 오답을 말하거나 정답이 확정됐는데도 문제를 마지막까지 듣고 있었다.

이후 그는 출연한 거의 모든 퀴즈 프로그램에서 우승을 거머쥐었다. 예전부터 머릿속에 있던 백과사전 수준의 지식에 더해 그동안 부족했던 퀴즈 기술을 습득했다. 그뿐 아니라 버튼을 누르는 방식이나 전략도 세련되어지면서 빈틈없는 퀴즈 플레이어로 진화했다. 우리 퀴즈 플레이어가 몇 년, 몇십 년 동안 배운 지식과 쌓아온 기술을 몇 달 만에 터득했다.

이렇게 혼조 기즈나는 '세상을 머릿속에 저장한

남자'라는 수식어를 발전시켜 '어떤 문제든 정답을 맞히는 초인'의 입지를 확고하게 다졌다.

나는 혼조 기즈나의 '한 글자 듣고 정답 맞히기' 영상을 여러 번 재생했다. 'Q의 모든 것' 마지막 회 마지막 문제에서 전설이 된 장면이었다.

어떻게든 찾으려고 했다.

마법의 흔적을.

혹은 부정행위의 흔적을.

"자―."

문제를 읽기 시작하는 소리가 들렸다. 그리고 혼조 기즈나가 버튼을 눌렀다. 정답을 말했고 우승을 결정지었다.

"아직 한 글자밖에 안 읽었는데!"

다른 출연자들이 놀랐다.

영상을 몇 번째 돌려봤을 때 알게 된 사실이 있다. 자세히 들어보면 문제를 읽는 아나운서는 실제로 "자에―"라고 말했다. 램프에 갑자기 불이 켜지면서 황급히 입을 다문 듯 보이지만 미처 주워 담지 못한 '에'가 희미하게 들렸다.

물론 '자에'까지 들었다고 해서 정답을 알 리는 없다. 그러나 이 문제가 프로그램 마지막 회의 마지막 문제로 나온 점을 고려하면 혼조 기즈나의 '한 글자 듣고 정답 맞히기'가 마법도 부정행위도 아니었을 가능성이 생긴다.

"끝이 좋으면 다 좋아."

그의 대답이었다. '끝이 좋으면 다 좋아'는 셰익스피어의 희곡이다. '자에는 자로', '트로일러스와 크레시다'와 함께 셰익스피어의 '문제극'이라고 불리기도 한다.

'자에'라는 말을 듣고 '자에는 자로'를 유추한 혼조 기즈나는 정답이 문제극 중 하나인 '끝이 좋으면 다 좋아'가 아닐까 추측했다. 그것이 프로그램 마지막을 장식하는 문제였기 때문이다. 마지막 회 마지막 문제의 정답이 '끝이 좋으면 다 좋아'라면 제법 멋스럽다. 그러니 일단 논리적인 추리로 정답을 유추해야 한다. 퀴즈 플레이어가 문제 외 정보를 활용해 정답을 찾는 일 자체는 드물지 않다. 퀴즈는 학력 테스트가 아니다. 출제자와 문제를 푸는 자와 관객이 있고 스토리가 있다. 스토리를 읽는 능력 또한 퀴즈 플레이어가 갖춰야 할 자격이다.

프로그램이 방송될 때는 그런 설명 없이 오로지 초인 같은 혼조 기즈나의 모습만 부각했다. 혼조 기즈나 정도 되는 수준이면 문제를 한 글자만 들어도 정답을 알아차린다는 이미지로 말이다.

나는 복잡한 기분이 들었다.

적어도 '한 글자 듣고 정답 맞히기'는 마법이나 부정행위가 아니라 정통 퀴즈였을 가능성이 생겼다. 물론 혼조 기즈나가 그런 추리를 할 수 있으리라 생각하지 않는다. 그렇지만 할 수도 있다는 사실을 알아 버렸다.

'엄마. 클리닝 오노데라예요'도 어쩌면 퀴즈였던 것 아닐까.

Q

버튼 빨리 누르기 퀴즈는 수열과 비슷하다고 생각한다.

1, 2, 4……까지 들은 시점에 나는 수열의 규칙을 알았다고 생각해 버튼을 누른다.

'이 수열에서 열 번째로 나올 숫자는 무엇인가?'를 묻는 문제인데 버튼을 누른 시점에는 정답을 모른다. 1, 2, 4 다음은 8이리라. 이 수열은 숫자가 두 배씩 증가한다는 사실을 생각하며 열 번째 숫자가 무엇일지 서둘러 계산한다.

실제로 그것이 정답일 수 있지만 아닐 수도 있다. 이 수열은 아직 확실하지 않기 때문이다. 1, 2, 4 다음에 7이 올 수도 있다. 1에서 2는 1만큼 증가했다. 2에서 4는 2만큼 증가했다. 4 다음은 3 증가한 7이 될 수도 있다. $(a_n = \frac{n^2}{2} - \frac{n}{2} + 1)$ 이 수열은 계차수열일지도 모른다.

즉 이 문제의 '확정 포인트'는 네 번째 숫자에 있다(그렇게 추측할 수 있다). 4 다음에 8이 오느냐, 7이 오느냐. 8이나 7까지 들은 후 버튼을 누르면 똑같이 생각한 상대 플레이어와 나, 둘 중 누가 더 빨리 반응했느냐에 따라 승부가 결정된다. 따라서 상대보다 앞서기 위해 다음 숫자가 들리려는 타이밍에 재빨리 버튼을 누르는 방법이 '들으면서 누르기'다. 그보다 전, 세 번째 숫자인 4가 들렸을 때 버튼을 누르는 것은 완전히 도박이다. 퀴즈 플레이어는 그 도박을 '다이빙'이라고 부른다.

물론 1, 2, 4, 1, 2, 4, 1, 2, 4…… 수열이나 1, 2, 4, 5, 4, 2, 1, 2, 4…… 수열일 가능성도 있어서 사실 마지막인 아홉 번째 숫자까지 들어야 열 번째에 어떤 숫자가 올지 확실해진다. 하지만 퀴즈 플레이어는 '그런 심술궂은 수열이 출제될 리 없겠지'라는 믿음 비슷한 마음으로 문제를 어느 정도 들은 단계에서 버튼을 누른다. 일방적인 믿음일 뿐이지만 배신당하는 일은 거의 없다. 문제를 직접 만들어 본 사람이면 누구나 알겠지만 출제자는 되도록 누군가 정답을 맞혀주면 좋겠다고 생각한다. 정답을 알리는 '딩동댕' 소리는 정답을 맞힌 사람뿐 아니라 출제자까지 긍정하는 소리다. 정답자의 세계와 출제자의 세계가 만나 정답이 하나로 정해진다. 그것이 퀴즈의 묘미다. 그러니 심술궂은 문제는 어지간한 사정이 아닌 한 출제하지 않는다.

수열을 앞에 둔 우리는 버튼을 빨리 누른 뒤 죽기 살기로 계산한다. 5초든 10초든 문제를 풀기까지 주어진 시간은 길지 않다. 시간을 초과하면 오답이다. 물론 잘못 계산할 수도 있고 시간 안에 계산하지 못할 수도 있다. 수열 그 자체가 자신이 생각한 것과 전혀 다른 규칙을 가질 수도 있다. 상황에 따라서는 알았다고 생각한 수열이 사실 몰랐던 것이어서 난감한 나머지 어림짐작으로 적당한 숫자를 말하기도 한다.

'일본에서 가장 높은 산은 후지산입니다. 그러면—'이라는 문제도 마찬가지다.

그 뒤에 '세계에서 가장 높은 산은 무엇일까요?'가 나올 수도 있고, '일본에서 두 번째로 높은 산은 무엇일까요?'가 나올 수도 있다. 퀴즈는 당연히 만물을 대상으로 하므로 '일본에서 가장 높은 산은 후지산입니다. 그러면 초봄에 부는 강풍은 보통 무엇이라 부를까요?'가 나올 가능성도 없지는 않다. 하지만 그러면 앞부분에 등장한 문장이 불필요해진다. 군더더기 있는 문제는 선호하지 않으므로 이런 문제는 거의 출제되지 않는다.

우리는 다양한 가능성을 생각하고 상황에 맞게 위험부담을 감수하면서 버튼을 누른다. 규칙을 완전히 파악하고 계산을 끝낸 뒤 버튼을 누르면 다른 플레이어보다 뒤처진다. 아무리 공부해도 대회에서 결과를 내지 못했던 과거의 나는 오답이 창피한 나머지 그러한 플레이 스타일을 고수하고 말았다.

'퀴즈에 강하다는 것'을 수열에 비유하면 다음과 같다. 수열의 다양한 가능성을 찾을 수 있는 지식과 위험부담을 계산하면서 가장 좋은 타이밍에 버튼을 누르는 기량과 계산 속도와 적확성이 모두 아우러져 좋은 결과를 내는 것이다. 더 정확하게 말하면 어떠한 상황에서도 베스트 퍼포먼스를 보여줄 수 있는 정신력과 알고 있는 수열 문제가 나오는 행운, 출제자가 어떤 수열을 선호하는지 예측하는 능력 등도 포함되리라.

혼조 기즈나는 퀴즈 플레이어가 아니었다. 따라

서 그의 가장 큰 약점은 퀴즈라는 경기를 풀어나가는 요령이나 기술처럼 암묵적으로 용인되던 사실들을 몰랐던 점이다. 확실히 그는 누구보다 지식이 많다. 그러나 지식만으로는 버튼 빨리 누르기 퀴즈에서 이길 수 없다. 퀴즈에는 자신만 아는 문제만 나오지는 않는다. 다른 플레이어도 맞힐 수 있는 문제로 상대를 얼마만큼 따돌릴 수 있는가. 상대보다 빨리 버튼을 누를 수 있는가. 이러한 점들도 버튼 빨리 누르기 퀴즈의 핵심이다.

혼조 기즈나는 버튼 빨리 누르기 퀴즈의 핵심도 터득했다. 그는 'CNS라고 줄여서 말하기도 하는 삼대—'까지만 듣고 버튼을 눌렀다. 이 문제는 정답 선택지가 세 가지 같지만 실은 세 가지가 아니다.

문제는 다음과 같이 이어질 터다. 'CNS'라고 줄여서 말하기도 하는 삼대 학술지는 ○○, ○○, 그리고 나머지 하나는 무엇일까요?'

'CNS'는 'C', 'N', 'S' 순으로 나열될 것이다. 그것이 자연스럽기 때문이다. 나열 순서가 달라지려면 특별한 이유가 필요하다. 즉 이 문제는 'CNS라고 줄여서 말하기도 하는 삼대—'까지 들은 시점에서 실질적으로 정답이 확정된다. 'S'가 무엇인지 묻는 문제다. 그러니 정답은 '사이언스'다.

"훌륭한 정답이었습니다. 혼조 씨는 현역 의대생이기도 한데요, 이번 문제가 쉬웠나요?"

진행자가 물었다.

"네. '사이언스'는 고등학생 시절부터 읽고 있습니다."

다른 사람이 이런 말을 했다면 거짓말이라고 생각했겠지만 혼조 기즈나라면 사실일지도 모른다는 생각이 들었다.

"와, 대단하네요!"

진행자가 호들갑스럽게 놀랐지만 진정 놀라운 점은 혼조 기즈나가 고등학생 때부터 '사이언스'를 읽었다는 점이 아니라 그가 확정 포인트에 정확히 버튼을 눌러 정답을 맞혔다는 사실이다.

"미시마 씨도 버튼을 누르려고 한 것 같은데 간발의 차로 아쉽게 놓쳤네요."

진행자의 말에 나는 무슨 말을 해야 할지 몰라서 "네"라며 고개를 끄덕였다.

"자, 앞으로 이어질 더욱 열띤 대결을 기대해 주세요."

진행자가 한마디로 정리하며 광고로 넘어갔다.

광고 시간에 나는 물을 마셨다. 물을 마시면서 관객석에 있을 가족과 친구들의 모습을 찾으려고 했지만 조명 때문에 눈부셔서 아무것도 보이지 않았던 기억이 난다.

'전략을 바꿔야겠어.'

물을 마시는 동안 상황을 파악했다. 혼조 기즈나는 생각보다 훨씬 더 퀴즈에 능숙하다. 설마 그에게 퀴즈 기술로 밀릴 줄은 상상도 못 했다. 맞힐 수 있는 문제가 나오면 조금 더 적극적으로 버튼을 눌러야 이길 수 있을 것 같다.

광고가 끝났다.

"자, 다음 문제로 넘어가겠습니다."

진행자가 말을 이었다.

"문제……"

아나운서의 목소리에 집중했다.

"지방 흡수 억제 효과가 있는 우롱차 종합 폴리페—"

손끝에 힘을 줬다. 눈앞에 있는 램프에 불이 켜졌다. 내가 먼저 눌렀다.

나는 안다.

이 문제는 내가 풀 것이다.

냉정하게 생각해.

스스로 주문을 걸었다.

문제는 이렇게 이어지리라.

지방의 흡수를 억제하는 효과가 있는 '우롱차 중합 폴리페놀'을 알파벳 네 자로 무엇이라고 할까요?

눈을 감고 떠올렸다. 재작년 가을, 그 네 글자를 봤다. 회사 출장으로 교토에 간 나는 호텔에 있었다. 조식 뷔페에 흑우롱차가 놓여 있었고 포스터가 붙어 있었다. 포스터에는 '흑우롱차를 주목해야 하는 세 가지 이유'라고 적혀 있었다. '우롱차 중합 폴리페놀 작용으로 지방을 분해합니다'. 그 밑에…….

알파벳 네 자.

PPAP. 피코타로[27]가 떠올랐지만 이내 머리에서 털어냈다.

"OTPP."

주어진 시간을 충분히 사용한 뒤 아슬아슬하게 대답했다.

딩동댕.

스튜디오에 박수 소리가 울렸다. PPAP 멜로디가 계속 생각났다.

---

[27] 일본의 가수. 대표곡 중에 'PPAP'라는 노래가 있다.

4대2.

내가 한 걸음 더 앞서갔다.

Q. 지방 흡수 억제 효과가 있는 '우롱차 중합 폴리페 놀'을 알파벳 네 자로 줄여서 무엇이라고 할까요?

A. OTPP.

Q

왕은 왕으로 존재하기만 해도 의식주가 해결되지 만 퀴즈왕은 그렇지 않다.

대학교 3학년 때 나는 열다섯 개 오픈대회에 출 전해 일곱 번 우승하고 세 번 준우승했다. 그해 일본 에서 퀴즈 대회에 출전해 그만큼 우승한 사람은 나 뿐이리라. 그리고 우승 일곱 번으로 얻은 상금은 0 엔이었다.

오마 참치[23] 통조림 한 캔, 야채 주스, 생명보험회 사 로고가 새겨진 클리어 파일, 트로피 두 개와 '초대

---

[23] 일본 아오모리현 오마 지역에서 잡히는 최고급 참다랑어. 검은 다이아몬 드라고 불리기도 한다.

척척박사 학위’ 상장. 이것이 내가 그 한 해 동안 퀴즈 대회에서 얻은 전부였다. TV 퀴즈 프로그램에서는 고액 상금을 준다는 인식이 있지만, 퀴즈 플레이어들이 무보수로 개최하는 퀴즈 대회에서는 호화 상품을 기대하기 어렵다. 퀴즈를 잘한다는 것만으로는 생계를 꾸려갈 수 없다.

나는 취업 활동을 했다. 직장을 구할 때 가장 중요한 조건은 ‘퀴즈를 계속할 수 있는가’였다. 즉 주말에 쉴 수 있고 시간외근무가 적은 곳. 상황에 따라서는 부업으로 TV에도 출연하므로 그 부분도 허가받아야 한다.

퀴즈는 취업 활동에 도움이 되기도 했고 그렇지 않기도 했다. TV 출연 경험이 알려져 면접장이 들썩인 적도 있고 면접관의 출신지에 관한 지식을 펼쳐보이기도 했다. 회사 몇 군데에서 합격 통보를 받았고 그중 의료계 출판사에 취직했다. 의료와 의학 관련 서적을 출판하는 그다지 크지 않은 회사였다.

대학 시절부터 사귄 기리사키는 여행대리점에 취직했다. 취직을 계기로 독립한다는 이야기가 나와서 우리는 도쿄 스기나미구 에이후쿠초의 방 하나짜리 맨션을 빌려 함께 살기로 했다.

취직하면서 하나둘 은퇴하는 퀴즈 연구회 동기들

을 떠나보내며 나는 퀴즈 경기의 세계에 남았다. 공부할 수 있는 시간이 예전보다 줄었지만 그래도 대회에서 성과를 거두고 가끔 TV에도 출연했다.

사회인이 된 지 1년째 되던 가을, 나는 의학계 심포지엄에 참가하기 위해 교토로 출장을 갔다. 출장 직전에 상사에게 다른 일이 생겨서 혼자 떠나게 됐다. 교토에서 2박 할 예정이었다. 1박은 업무를 보고, 나머지 1박은 마침 간사이에서 열리는 오픈대회에 참가할 계획이었다.

출장 둘째 날 아침, 9시 30분부터 시작하는 심포지엄에 늦지 않도록 호텔 레스토랑으로 향했다.

"지금 수학여행 온 고등학생 단체 손님이 이용하고 있습니다. 30분 뒤에 다시 오시면 어떨까요?"

레스토랑 입구에서 직원이 말했다. 체크인할 때 분명 안내를 받았는데 까맣게 잊고 있었다. 나는 시계를 확인하고서 30분 기다리면 심포지엄에 늦겠다고 판단했다.

"죄송합니다. 업무 때문에 시간이 별로 없네요."

"아침 식사는 하실 수 있어요. 하지만 조금 시끄러울 수 있습니다."

"괜찮습니다."

안내받고 레스토랑으로 들어갔다. 그리 넓지 않은 레스토랑은 고등학생들로 만석이다시피 했다. 나는 화장실 앞에 있는 구석 자리에 앉았다. 자리에 앉았을 때 기리사키에게 라인 메시지가 왔다.

—굿모닝. 교토의 아침은 어때?

—고등학생들 사이에 둘러싸여 있어.

—그게 무슨 말이야?

—호텔 조식 뷔페를 먹으러 왔다가 수학여행 온 고등학생들과 딱 마주쳤거든.

—재밌겠다.

어떻게 답장할까 고민하는 사이에 기리사키가 연달아 메시지를 보냈다.

—출장 갔다 오면 할 이야기가 좀 있는데.

—뭔데?

내가 물었다.

—도쿄로 돌아오면 직접 말할게.

—알겠어.

답장을 보내며 기리사키가 낸 문제를 생각했다.

무슨 '이야기'일까?

나는 이런 퀴즈에 약하다. 빈출 문제라고 가정하면 가장 먼저 떠오르는 것은 '결혼'에 관한 이야기다. 아직 그럴 시기는 아니라고 생각하지만 기리사키는 그렇지 않을지도 모른다. 우리는 사귄 지 4년째고 스물세 살이다. 아직 결혼 이야기를 구체적으로 꺼낸 적은 없다. 하지만 무슨 일이든 '처음'은 존재한다. 지금이 바로 그 '처음'일지도 모른다.

물론 '전근' 이야기일 수도 있다. 취직이 확정되었을 때 '전근이 잦다'라는 이야기를 들었다. 기리사키는 아직 입사 1년째에 기치조지 지점에서 근무하지만 오사카나 나고야로 전근 명령을 받았을 수도 있다.

후보를 몇 가지 생각해 봤지만 하나같이 근거가 부족했다. 답을 아직 확정하지 못했다.

자리에서 일어나 뷔페 코너로 향했다. 샐러드와 사발, 연어 토막, 낫토, 김, 된장국, 밥을 담고 유리잔에 우유를 따라 자리로 돌아왔다. 고등학생들 속에서 나는 확실히 이질적인 존재였다. 고등학생 몇 명이 레스토랑 구석에서 조용히 식사하는 나를 주목하는 시선이 느껴졌다.

"저 사람이 무엇을 가지러 가는지 내기하자."

우유 한 잔을 더 따라오려고 자리에서 일어났을 때 저 멀리서 소리가 들렸다. 몰래 소곤거리려고 했겠지만 안타깝게도 나는 귀가 매우 밝다. 방송 녹화 때도 소란한 녹화장에서 희미하게 새어 나오는 문제

소리를 포착해 정답을 맞힐 수 있을 정도다. 그 덕분에 대회에서 우승한 적도 있다.

"진 놈이 믹스 드링크 다 마시기로 하자."

목소리가 들린 방향을 힐긋 쳐다봤다. 유리잔에 커피, 오렌지 주스, 우유를 섞은 갈색 액체가 보였다. 순간 고등학생 한 명과 눈이 마주쳤다.

"나는 우유에 걸래."

누군가 말했다. 다른 고등학생도 말했다.

"그럼 난 요거트."

그 후 잇따라 목소리가 들렸다.

"디저트 코너에 있는 미니 케이크."

"미네스트로네[29]."

"사과주스."

"디저트 커피."

'오호라, 그렇구나.'

나는 지금 퀴즈 문제가 됐다.

Q. 나는 무엇을 가지러 뷔페 코너에 갔을까요?

나는 지금 퀴즈의 신이다. 정답이 무엇일지 내 뜻대로 정할 수 있다. 음료 코너 앞에 멈춰 섰다.

---

[29] 각종 야채와 곡물을 넣어 걸쭉하게 끓이는 이탈리아식 야채수프.

"아아, 멈추지 마."

'미니 케이크'나 '미네스트로네'라고 답한 고등학생들이 말했다.

나는 다 마신 우유로 하얗게 얼룩진 유리잔을 든 채로 음료 코너로 손을 뻗었다. '우유'라고 답한 고등학생들은 정답을 확신하리라. 우유가 묻은 잔에 다른 음료를 따르는 사람은 거의 없으니까.

나는 페이크 동작으로 우유가 든 피처를 잡는 척하다가 옆에 있던 흑우롱차를 유리잔에 따랐다.

"아, 뭐 하는 거야."

탄식이 들렸다.

'아깝게 됐네.'

나는 마음속으로 중얼거렸다. 퀴즈는 만만하지 않다. 그렇게 쉽게 정답을 맞히도록 두지 않는단다.

나는 희고 탁한 흑우롱차가 담긴 유리잔을 들고 고개를 들었다. 눈앞에 흑우롱차 포스터가 붙어 있었다.

Q

스스로 '기억력이 좋다'고 생각한 적은 한 번도 없다. 암기과목에 약했고 한 번 인사 나눈 적 있는 사람의 이름도 잘 잊어버린다. 퀴즈 플레이어의 지식에 놀라 그들이 자신과 전혀 다른 뇌 구조를 지닌 사람들이라고 생각하는 사람도 있지만 그렇지 않다고 부정하고 싶다. 물론 뇌 구조가 전혀 다른 퀴즈 플레이어도 존재할 수 있다. 예컨대 혼조 기즈나. 하룻밤 사이에 노벨문학상 수상자를 모두 외운다니 나는 따라 할 수 없는 경지다.

교토 호텔 조식 뷔페에서 흑우롱차 포스터를 봤다. 그때 단 한 번 본 우롱차 중합 폴리페놀의 약자를 기억해 'OTPP'라고 답할 수 있었다. 하지만 그렇다고 특수한 능력을 사용하지는 않았다. 포스터에 적힌 'OTPP'라는 글자를 보고 가장 먼저 'PDCA 같다'고 생각했다.

Plan-Do-Check-Action. PDCA는 이 네 단어의 머리글자를 딴 약자로 관리업무와 품질관리에 효율적인 방법을 뜻한다. 그와 마찬가지로 퀴즈에 자주 출제되는 알파벳 네 자로 구성된 단어를 떠올렸다. ICBM은 대륙간 탄도 미사일, LGBT는 성소수자를 뜻하는 단어다. 마지막으로 PPAP를 떠올렸다. 전 코미디언 콤비 '얼간이 AIR-LINE'에서 고사카 대마왕 역을 맡았던 피코타로가 발표한 펜-파인애플-애플-펜Pen-Pineapple-Apple-Pen의 약자다. 'PPAP'는 컴퓨터 보안 방법과 관련된 뜻도 있어 그 문제로 출제된 적도 있다.

'OTPP'를 보고서 'OT'는 우롱차Oolong Tea의 약자, 두 번째 'P'는 폴리페놀(Polyphenol)의 약자라고 생각했다. 그리고 나머지 'P'가 중합을 의미하는 영단어의 머릿자가 아닐까 추측했다.

내가 기억한 것은 흑우롱차의 포스터를 봤던 일과 그곳에 알파벳 네 글자를 본 일, 그것이 영어 단어의 약자였다는 사실이었다. 거기에 'PPAP'를 떠올렸던 기억이 합쳐졌다. 'PPAP'를 떠올렸다면 어쩌면 'P'가 많았을지도 모른다고 생각해 'OTPP'라고 대답했다.

나는 'OTPP'를 기억한 것이 아니라 'OTPP'를 봤을 때 떠올린 생각을 기억했을 뿐이다. 이런 식이라면 나뿐 아니라 기억력에 자신이 없는 사람도 기억하기 쉬울 것이다.

물론 OTPP를 보고서 'PPAP'를 떠올린 것은 내가 퀴즈 플레이어이기 때문일 것이다. 퀴즈를 하다

보면 그렇게 지식 하나가 다른 지식과 연결돼 뜻밖의 장소에서 정답으로 이어질 때가 많다. 기억이란 그렇게 서로 연관되어 있다. 따라서 얼핏 모순되는 듯 보여도 지식이 늘어나면 늘어날수록 더 많은 것을 기억할 수 있게 된다.

우리는 마법사가 아니다.

그저 퀴즈 마니아일 뿐이다.

"그런 지식은 어디서 얻나요?"

진행자가 물었다.

"예전에 흑우롱차 포스터에서 본 기억이 납니다."

나쁘지 않은 대답이지만 시청자들에게는 잘못 전달될 수 있다. '아아, 저 사람은 한 번 본 포스터 내용도 기억하는구나. 나와는 다른 사람이다'라는 인상을 심어줄 수 있다.

퀴즈 플레이어는 종종 그런 식으로 자신들의 범상치 않은 면을 과시하게 되는 경우가 있다. 의도한 경우도 있고 말주변이 없어서 자각하지 못한 채 그런 분위기를 만들 때도 있다. 그러한 상황이 쌓이고 쌓여 퀴즈 플레이어는 마법사라는 인식이 생긴다. 그렇기에 혼조 기즈나가 문제를 한 글자도 듣지 않고 정답을 맞힐 수도 있다고 생각하는 사람이 생기는 것이다. 한 번 본 포스터를 기억하는 것과 한 글자도 듣지 않은 문제의 정답을 맞히는 것은 전부 이해할 수 없는 일이라는 점에서 같다.

"어떻게 바코드를 읽을 수 있나요?"

혼조 기즈나가 바코드만 보고 상품명을 맞혔을 때 받은 질문이었다. 그는 이렇게 대답했다.

"예전부터 물건을 살 때 바코드를 봤어요. 여러 번 보다 보니 법칙이 있다는 걸 깨달았죠."

거짓말이다. 물건을 살 때 바코드를 보는 사람은 없다.

'혼조 기즈나라면 어쩌면……'

순간 그런 생각도 들었지만 아무리 혼조 기즈나도 그 말은 거짓이다.

그러나 시청자는 '혹시……'라고 생각한다. 퀴즈 플레이어라면 그런 습관을 지녔을 수도 있다. 그런 일상적인 습관이 쌓여서 초인적인 타이밍에 버튼을 누를 수 있는지도 모른다. 시청자들은 그렇게 믿고 만다. 퀴즈 플레이어는 마법사라고.

"대단하다는 말밖에 안 나오는데요. 미시마 씨 정도 되면 한 번만 봐도 그 내용을 외우게 된다고 하네요."

진행자가 말했다.

"저는 같은 영어 단어를 백 번 보고도 외우지 못
해 매우 고생했어요."

게스트로 출연한 여배우가 말했다. 당시 나는 '나
도 똑같다'고 말하려고 했다. '단어장을 2만 번 봐도
simultaneously를 외우지 못해서 대학 입시 점수도
손해 봤다'고 말하고 싶었지만 참았다. 그 말을 하는
순간 스튜디오의 분위기가 이상해질까 봐 겁이 났
다. 그때 하고 싶은 말을 참은 탓에 나는 초인이 되어
버렸다. 결국 나는 마법사가 되었고 퀴즈 플레이어
의 초인 신화에 가세했다.

지금에 와서야 생각한다. 나는 마법사가 아니라
고 제대로 설명했어야 했다. 그때 설명하지 않은 탓
에 혼조 기즈나의 우승이 정당하다고 생각하는 사람
이나 내가 짬짜미에 가담했다고 생각하는 사람이 나
왔다.

어쩌면 내게도 일부 책임이 있을지 모른다.

"자, 미시마 레오 씨가 한 걸음 더 앞서갑니다. 다
음 문제는 누가 맞힐까요?"

'OTPP'를 맞히고서 확신했다. 오늘 컨디션은 최
고다. 혼조 기즈나의 팬들은 실망하겠지만 이기는
사람은 나다.

"문제······"

버튼에 오른손을 얹었다. 어떤 문제가 나오든 내가 먼저 버튼을 누를 수 있다는 느낌이 들었다.

"예니체리의 총포가—"

삐—

나는 혼조 기즈나가 버튼을 눌렀다는 사실을 눈치채지 못했다.

'예니체리'라는 단어를 들은 순간 내 머릿속에 몇 가지 단어가 맴돌았다. 예니체리는 오스만 제국의 보병 군단이다.

세계사 문제는 내 주특기다. 무한한 가능성을 내포하던 퀴즈가 '예니체리'라는 단어가 등장하면서 몇 가지 선택지로 좁혀졌다. 예니체리 이전에 오스만 제국의 주력 기사였던 '시파히'와 그들에게 부여된 징세권 '티마르'. 기독교도 소년을 강제 징용하는 제도로 튀르키예어로 '모으다'라는 뜻인 '데브쉬르메'. 이슬람 세계의 통치자며 예니체리를 징용한 '술탄'. '스푼'이나 '카프쿨루'일 가능성도 있다······.

바로 뒤에 나오는 '총포'라는 단어로 선택지를 더욱 추렸다. 예니체리의 총포가 위력을 발휘했을 때는 '찰디란 전투'로, 그 전쟁을 지휘한 사람은 '셀림 1세'. 물리친 상대는 '사파비 왕조'로 사파비 왕조의 주력 기병 군단은 '키질바시'. 키질바시를 구성하는 사람은 튀르키예계 유목민인…… 뭐였지…… 맞다, '투르크멘인'이다. 예니체리를 폐지한 뒤 서양식 군대인 '니자므 제디드'가 정답일 가능성도 있다.

무의식중에 이런 생각을 했다. 그 결과 의식의 표층에 여러 단어가 떠돌았다.

나는 준비했다. '1514년'이나 '나가시노 전투'라는 말이 들리면 '찰디란 전투'가 정답이다. '오스만 제국'이라는 단어가 들리면 '셀림 1세'가 정답이다. '키질바시'가 들리면 '사파비 왕조'가 정답이고, '사파비 왕조'가 들리면 '키질바시'가 정답이다.

"찰디란 전투."

옆에서 들린 혼조 기즈나의 목소리에 정신이 들었다. 아나운서가 문제를 읽지 않고 있다는 사실을 이제야 깨달았다. 세상의 가능성을 가지치기하는 작업에 열중한 나머지 퀴즈를 잊었다.

딩동댕.

정답이었다.

기가 막혔다. 퀴즈는 아직 확정되지 않았다. 분명 몇 가지 선택지 중 가장 유력한 답이기는 하지만 아직 출제자의 의도에 따라 답이 달라지는 단계였다.

혼조 기즈나는 터무니없는 도박을 했을까, 아니

면 다른 선택지를 몰랐을까…….

나는 무대 위에서 속으로 혀를 찼다. 그러면서도 실제로 혀를 차지 않도록 조심했다. 생방송이 아니었다면 실제로 혀를 찼을지도 모른다.

'쥐뿔도 모르면서.'

속으로 불평했다. 진행자가 지금 심경이 어떠냐고 물으면 솔직히 그렇게 대답할까 상상했다. 물론 나는 그럴 수 있을 만큼 간이 크지 않다.

불만스럽지만 정답은 정답이다.

이로써 4대3.

혼조 기즈나가 뒤따라왔다.

Q. 예니체리의 총포가 위력을 발휘했다는 측면에서 일본의 나가시노 전투와 비슷하다고 일컫습니다. 1514년 오스만 제국과 사파비 왕조가 격돌한 이 전투는 무엇일까요?

A. 찰디란 전투.

Q

나는 혼조 기즈나가 출연한 방송을 최대한 많이 봤다. 영상을 구하지 못한 프로그램도 있고 유튜브에 일부만 업로드된 프로그램도 있어서 모든 프로그램을 보지는 못했지만 그가 출연한 무수한 퀴즈 프로그램 중 60퍼센트 정도는 확인했다.

혼조 기즈나는 버튼을 누르는 타이밍이 가끔 부자연스러웠다.

보통 퀴즈를 공부하면 퀴즈 플레이어로서 자연스러운 타이밍을 찾아간다. 문제가 확정됐을 때, 확정되기 직전에 선택지가 두세 가지로 좁혀졌을 때, 지식이 부족해서 확정 포인트를 놓친 뒤 보충 정보를 들은 뒤 정답을 깨달았을 때.

부자연스러운 타이밍에 버튼을 누르는 원인은 퀴즈라는 경기에 대한 이해와 지식이 없기 때문이다. 그러나 혼조 기즈나는 반대였다. 퀴즈 공부를 시작한 뒤 오히려 부자연스러운 타이밍이 점점 늘었다.

예를 들어 제11회 'Q의 모든 것' 두 번째 스테이지.

혼조 기즈나는 **'일본에는 한신·아와지 대지진을 계기로 도입—'**까지 들은 시점에 버튼을 눌렀다. 오답을 말하면 실격되는 데다 위험을 무릅쓰고 도박할 필요도 없는 상황이었다.

퀴즈 플레이어라면 이 타이밍에 버튼을 누르지 않는다. 한신·아와지 대지진을 계기로 도입된 것 중 퀴즈에 자주 등장하는 것은 구급 환자를 이송하는 '닥터헬기'와 중증도에 따라 우선 치료해야 할 부상자를 분류하는 '트리아지' 두 가지다.

'일본에는 한신·아와지 대지진을 계기로 도입─' 까지 읽은 시점에는 정답이 닥터헬기인지 트리아지 인지 정할 수 있는 요소는 없다. 즉 이 시점에 버튼을 누르면 완전히 50대50의 도박인 셈이다.

"닥터헬기."

혼조 기즈나는 도박을 할 필요가 전혀 없는 상황에서 버튼을 눌러 대답했다.

결과적으로 문제는 **일본에는 한신·아와지 대지진을 계기로 도입되었습니다. 구급 환자를 이송하기 위해 사용되는 헬리콥터는 무엇일까요?**이었고, 정답은 '닥터헬기'였다.

'이것은 퀴즈 실력이 아니다.'

그렇게 느꼈다. 그렇다면 버튼을 눌러 '닥터헬기' 라고 대답한 시점에 어떤 근거가 있었을까. 나는 세 가지 가능성을 생각했다.

하나, 지식이 부족해서 '닥터헬기'밖에 떠올리지

못했을 가능성.

둘, 정답이 두 가지 중 하나라는 사실은 알았지만 퀴즈의 규칙을 이해하지 못해서 확률이 반반인 승부를 선택했을 가능성.

셋, 제작진이 정답을 미리 알려줬을……, 즉 짬짜미일 가능성.

일단 첫 번째 가능성은 희박하다고 생각했다. 혼조 기즈나는 의대생이다. 트리아지라는 용어를 모를 수가 없다. 트리아지가 한신·아와지 대지진을 계기로 도입되었다는 사실을 모를 수는 있지만 퀴즈를 공부한 그가 주특기 분야의 단골 문제를 과연 몰랐을까? 역시 가능성이 희박하다고 생각했다.

두 번째 가능성은 첫 번째보다도 낮다.

'닥터헬기'라고 대답했을 때 혼조 기즈나는 정답을 맞히면 두 번째 스테이지를 통과하고, 틀리면 그 자리에서 탈락하는 상황이었다. 평소 퀴즈 프로그램에 출연하지 않는 플레이어라도 그런 상황에서 어떻게 해야 하는지 당연히 안다. 다른 플레이어가 바싹 추격하지 않는 이상 확실히 자신 있을 때까지 버튼을 누르지 않는다. 위험부담을 최소한으로 줄인다. 'Q의 모든 것' 첫 회부터 마지막 회까지 대부분 출연한 혼조 기즈나가 규칙을 파악하지 못했다고 보기 어렵다.

그렇다면 필연적으로 세 번째 가능성이 크다고 느낀다. 혼조 기즈나와 사카타 야스히코는 예전부터 한패다. 혼조 기즈나가 우승하는 각본을 준비함으로써 혼조는 퀴즈왕의 명예를 얻고 사카타는 TV 스타의 활약으로 시청률을 얻는다. 두 사람은 공범이다. 그렇기에 'Q-1 그랑프리'에서 혼조 기즈나는 마지막 문제를 한 글자도 듣지 않고 정답을 맞힐 수 있었다.

그러나 그 추론에도 이해할 수 없는 점이 있다. '닥터헬기'라고 대답했을 때 혼조는 문제가 어느 정도 확정될 때까지 버튼을 누르지 않았다. '일본에는 한신·아와지 대지진을 계기로 도입―'까지 기다렸다가는 자칫 위험부담을 우려할 필요가 없는 다른 플레이어가 먼저 버튼을 누를 수 있다. 만약 짬짜미였다면 그다지 합리적이지 않은 타이밍에 버튼을 누른 셈이다. 'Q-1 그랑프리' 결승에서 보여준 '문제 안 듣고 정답 맞히기'도 짬짜미라면 이해할 수 없다. 혼조는 짬짜미를 의심받지 않을 타이밍에 버튼을 누를 수 있었는데 굳이 왜 문제를 읽기도 전에 '엄마. 클리닝 오노데라예요'라고 대답했을까? 다소 위화감이 남는다.

거기서 나는 네 번째 가능성을 깨달았다.

'내가 알아차리지 못했을 뿐, 사실 정답은 확정되어 있었을' 가능성이다.

나는 트리아지에 대해 조사했다. 트리아지라는 개념은 1888년에 처음 일본에 소개됐다. 백여 년 전 유럽에서 귀국한 모리 오가이가 서양에서 트리아지 시스템을 들여왔다. 당시에는 정식 도입된 상태는 아니었지만 1931년 만주사변 때 용어는 달라도 일본식 트리아지를 실시했다. '경환자', '중환자', '살릴 가망이 없는 환자' 등 증상을 단계별로 분류해서 군의관들이 치료 우선순위를 매겼다. 제2차 세계대전 후에도 트리아지가 존재했는데 의사회와 단체에서 저마다 독자적인 규격을 정해 운용하는 바람에 현장이 혼란스러워졌다. 트리아지의 규격이 통일된 계기 중 하나가 한신·아와지 대지진이었다.

트리아지는 지진 재해보다 훨씬 전에 이미 도입됐다. 즉 트리아지가 정답이 되려면 '일본에는 한신·아와지 대지진을 계기로 규격이 통일—'이라는 문장이 되어야만 한다. 엄밀히 말하면 문제가 '일본에는 한신·아와지 대지진을 계기로 도입—'으로 진행된 시점에서 정답은 '닥터헬기'로 확정됐다.

혼조 기즈나가 이 문제의 확정 포인트가 되는 핵심을 깨달았을 가능성이 생겼다. 나는 짬짜미였을 가능성보다도 이 네 번째 가능성이 더 크다고 생각했다. 그렇다면 혼조 기즈나는 지식뿐 아니라 퀴즈 경기를 풀어가는 실력도 분야에 따라서는 나보다 뛰어난 셈이 된다. 인정하고 싶지 않았다. 인정하고 싶지 않지만 논리적으로 부정할 수 없었다.

어쩌면 그 마지막 문제는 문제를 듣지 않아도 이미 정답이 확정되었을지도 모른다. 내가 깨닫지 못했을 뿐 문제를 듣기도 전에 확정 포인트가 있던 것이다. 아니면 선택지가 유한하게 좁혀져 있었던가. 그런 생각이 들었다.

"그럴 리 없어."

나는 소리 내어 중얼거렸다.

Q

무대 위에서 나는 심호흡을 하고 양어깨를 빙글빙글 돌렸다. 이때 나는 혼조 기즈나가 다른 선택지를 생각해내지 못하는 바람에 '찰디란 전투'를 맞혔다고 생각했다. 그러나 '닥터헬기'를 맞혔던 때를 안 지금의 나는 다른 가능성을 생각한다.

'예니체리의 총포가—'까지 들은 시점에 정답을

확정했을 가능성이다.

'예니체리의 총포가' 다음에는 어떤 문장이 나올까?

'예니체리의 총포가 활약했다'나 '예니체리의 총포가 위력을 발휘한 것으로 유명한' 같은 문장이 자연스럽다. 그렇다면 '예니체리의 총포가 활약했다는 측면에서 일본의 나가시노 전투와 비슷하다고 일컫는, 오스만 제국과 사파비 왕조의 전쟁은 무엇일까요?'라는 식으로 이어지리라 예상할 수 있다.

다른 가능성을 생각해 보자.

'예니체리의 총포가 활약한 찰디란 전투에서 오스만 제국과 싸운 왕조는 무슨 왕조일까요?'

이 경우 정답은 '사파비 왕조'지만 문제로서 아름답지 않다. '사파비 왕조'가 정답이 되려면 예니체리에 대응해 키질바시가 나와야 한다. 나가시노 전투가 찰디란 전투에 비유되는 이유도 총포와 기마의 대결에서 총포가 승리한 전투기 때문이다. 군사 역사에서도 중요한 전환점 가운데 하나로, '찰디란 전투' 후에는 말 대신 총포와 대포가 전장의 주역이 된다. 그러니까 문제는 '예니체리의 총포와 키질바시의 기마대가 대결한 것으로 유명한 찰디란 전투에서 오스만 제국에 패한 왕조는 무슨 왕조일까요?'라는 문장이 된다. 그러면 '예니체리의 총포가'가 아니라 '예니체리의 총포와'다.

"어려운 문제였던 것 같은데 멋지게 정답을 맞히셨네요."

진행자가 혼조 기즈나에게 말했다.

"네. 매우 어려운 문제였습니다."

영상을 보면서 나는 진행자가 생각하는 '어려운'과 퀴즈 플레이어가 생각하는 '어려운' 사이에 큰 괴리가 있다고 느꼈다.

진행자는 아마도 '예니체리'나 '찰디란 전투'라는 단어 자체가 어렵다고 생각했으리라. 확실히 일상에서 흔히 사용하는 단어는 아니다.

그러나 퀴즈 플레이어 입장에서 이 문제의 어려움이란 단어 자체와는 다른 부분에 있다. 나가시노 전투라는 키워드가 들린 순간 이 문제의 정답은 찰디란 전투로 확정된다. 그러나 나가시노 전투를 듣고서 버튼을 누르면 다른 플레이어에게 우선권을 빼앗길 수 있다. 그렇기에 나가시노 전투가 들리기 전에 그 말이 나오리라 예측할 수 있는 순간을 노려야 한다. 이상한 표현이지만 확정 포인트가 확정되는 순간을 노린다는 뜻이다.

그리고 그 포인트는 '예니체리의 총포가'에 있었다. 적어도 지금의 나는 그렇게 해석한다. 혼조 기즈나가 그 점을 눈치챘는지는 차치하고 이 퀴즈는 확정되어 있었다.

"미시마 씨가 세계사에 강하다는 것을 알기 때문에 과감히 버튼을 눌렀습니다."

화면 속 혼조 기즈나가 말했다.

"대결 상대도 분석하시나요?"

"네, 물론이죠. 준결승에 올라온 사람들은 전부 분석했어요."

무대 위의 나는 이 대답이 립 서비스라고 생각했다. 적어도 나는 일곱 명이나 되는 대결 상대를 모두 분석해야겠다고 생각해 본 적 없다. 겨룰지 겨루지 않을지도 모르는 출전자들을 분석할 바에야 그 시간에 퀴즈 지식을 더 익혀 두는 편이 확실히 실전에 도움이 된다.

그런데 지금은 혼조 기즈나가 정말로 대결 상대를 분석한 것이 아닐까 생각이 들었다. 상식을 초월한 기억력을 지닌 그는 새삼 새로 익혀야 할 지식이 별로 없을지도 모른다. 그에게는 '정답을 아느냐'보다 '대결 상대보다 버튼을 빨리 누를 수 있는가'가 더 중요한 것이다. 상대의 주특기 분야 문제가 나오면 다소 무리해서라도 이른 타이밍에 버튼을 누른다. 상대가 약한 분야 문제가 나오면 확신할 수 있을 때까지 기다렸다가 천천히 버튼을 누른다. 그렇게 분석한 것이다. 일단 앞뒤가 맞는다.

"자, 혼조 기즈나 씨가 미시마 레오 씨를 바싹 추격합니다. 그럼 다음 문제로 넘어가 볼까요?"

"문제⋯⋯."

나는 호흡을 가다듬었다. 이해할 수 없는 상황에서 상대가 정답을 맞혔을 때 평정심을 유지하며 다음 문제에 도전하는 태도가 중요하다는 사실을 경험으로 알기 때문이다. 흥분해서 잡다한 문제 풀이를 되풀이한 나머지 자멸한 적이 한두 번이 아니다. 시행착오는 충분했다.

"현재는 아와지시마[30]의 보존─"

삐─

혼조 기즈나의 램프에 불이 들어왔다.

어안이 벙벙했다. 나는 손가락 끝에 힘조차 주지 않았다. 정답을 추측할 수도 없었기 때문이다.

어떤 문제이고, 어떤 정답이 가능성 있는지 짐작

─────────────────

[30] 일본 효고현 남부에 있는 세토내해의 섬.

조차 가지 않았다. 아쿠 유[31], 가미누마 에미코[32], 호리이 유지[33], 와타리 테츠야[34], 와타세 츠네히코[35]. 아와지시마 출신 유명인의 이름을 막연하게 떠올렸지만 '보존'과 연결 지을 만한 인물은 단 한 명도 떠오르지 않았다.

"노지마 단층."

혼조 기즈나가 대답했다. 어째서 나는 '노지마 단층'이라는 답에 다가가지 못했을까. 전혀 생각조차 못 했다.

딩동댕.

관객석에서 경탄이 터져 나왔다.

4대4.

순식간에 동점이 됐다. 나는 그저 놀란 채 혼조 기즈나의 옆모습만 바라봤다.

Q. 현재는 아와지시마의 '보존관'에 천연기념물로 전시되어 있습니다. 한신·아와지 대지진으로 출현한

---

31 효고현 출신 작가이자 작사가.
32 효고현 출신 가수이자 사회자로 간사이 지역을 대표하는 방송인.
33 효고현 출신 게임 디자이너, 작가.
34 효고현 출신 배우이자 가수. 와타세 츠네히코의 형.
35 효고현 출신 배우이자 가수. 와타리 테츠야의 동생.

이 활단층은 무엇일까요?

A. 노지마 단층.

Q

'Q-1 그랑프리' 영상을 일시 정지하고 스마트폰을 집었다.

―노지마 단층 건으로 흥미로운 영상을 발견했어.

조금 전 도미즈카 씨가 보낸 라인 메시지가 떠올랐기 때문이다.

도미즈카 씨에게 전화를 걸었다.

"저예요, 미시마."

―어어, 라인 봤어?

"네. 지금 통화 괜찮으세요?"

―응, 괜찮아.

"그래서, '흥미로운 영상'이 뭐예요?"

―미시마, 아직도 혼조의 영상을 모아?

"네."

나는 퀴즈 관련 지인들에게 혼조 기즈나가 출연한 방송 영상을 갖고 있는지 물었다. 도미즈카 씨도 그중 한 명이었다.

―'Q의 모든 것'에서 문제를 만들었던 미즈시마라는 녀석이 있거든. 대학 퀴즈 연구회 후배인데. 너한테 혼조가 나온 영상을 모은다는 말을 들은 다음에 퀴즈 연구회 동창회에 나간 적 있는데 그때 물어봤어.

"있대요?"

―미즈시마는 3회부터 6회까지 문제를 만들 때 참여해서 녹화도 그것만 해놨대. 5회는 혼조가 안 나오니까 사실상 3, 4, 6회만 해당되겠네.

나는 혼조 기즈나의 TV 프로그램 출연 목록을 꺼내 프로그램명 오른쪽에 있는 체크란을 확인했다. 'Q의 모든 것'은 비교적 최근 방송된 프로그램이라 영상을 많이 확인할 수 있었다. 불법으로 추측되는 외국 동영상 사이트에서 확인한 영상이나 유튜브에 일부 업로드된 영상. 퀴즈 동료가 자신이 출연한 방송분을 녹화해 소장한 영상.

"3회와 4회는 저도 가지고 있어요."

제4회는 혼조 기즈나가 처음 우승한 회차다.

―그럼 내가 도울 수 있는 건 6회뿐이네.

"별말씀을요. 혼조 기즈나의 영상은 전부 보고 싶으니까 한 편뿐이라도 정말 감사하죠."

―네가 6회를 갖고 있지 않아서 다행이야. 사실

그 회차에 노지마 단층에 관한 흥미로운 장면이 나오거든.

"어떤 장면인데요?"

—두 번째 스테이지의 버튼 빨리 누르기 문제야. 거기만 잘라낸 영상을 라인으로 보내줄게.

그 말을 듣고 컴퓨터로 라인에 접속해 영상을 확인했다.

제6회 'Q의 모든 것' 두 번째 스테이지, 약 2분짜리 영상이었다.

"문제……"

문제를 읽기 시작하는 목소리가 들렸다. 혼조 기즈나는 오른쪽 끝자리에 있었다. 큰 키를 구부리고 버튼 위에 오른손을 얹은 자세였다. 왼손은 오른팔에 얹어 놓았다. 정면을 응시하며 미간에 힘을 줬다. 여러 TV 프로그램에서, 그리고 'Q-1 그랑프리' 결승 무대에서 본 그 표정이었다.

"한신·아와지 대지진의 진원과 가장 가까운 활단층이라고도 불리며 그 일부가 아와지시마에 보—"

혼조 기즈나가 버튼을 눌렀다. 그러고는 조금 생각에 잠겼다가 평소보다 작은 목소리로 대답했다.

"노지마 단층 보존관"

오답이었다.

"아깝습니다! 거의 정답이었는데요."

사회자가 말했다.

정답은 '노지마 단층'이었다. 냉정하게 조금만 생각해 보면 정답이 '노지마 단층 보존관'이 아니라는 것을 예상할 수 있다.

문제 중 '그 일부가 아와지시마에 보—'라는 문장은 아마도 '그 일부가 아와지시마에 보존되어 있다'이리라. 이것은 '보존된 장소'가 아니라 '무엇이 보존되어 있는가'를 묻는 문제다. 정답이 '노지마 단층 보존관'이면 문제에 등장하는 '보존'이 정답의 일부가 되어 아름답지 않다.

혼조 기즈나는 몹시 분한 표정을 지었다. 내가 아는 한 혼조 기즈나가 답을 틀려서 분한 감정을 표출하는 일은 극히 드물었다. 그가 출연한 프로그램을 수없이 봤지만 정답이든 오답이든 얼굴에 감정을 거의 드러내지 않는 사람이었다.

"아쉬우신가 봐요."

그의 표정을 눈치챘는지 진행자가 물었다.

"중학교 수학여행 때 노지마 단층을 실제로 본 적이 있거든요. 그래서 정답을 맞히고 싶었습니다."

"다 봤어요."

—어떻게 생각해?

도미즈카 씨가 내게 물었다.

"혼조 기즈나가 그 속도로 '노지마 단층'이라고 답할 수 있던 이유를 알았어요."

—그게 다야?

"도미즈카 씨가 무슨 말을 하고 싶어 하는지 알아요."

'Q-1 그랑프리' 결승전에 나온 문제와 거의 같은 문제가 'Q의 모든 것'에 출제됐다. 그리고 두 프로그램의 총연출자는 모두 사카타 야스히코다. 'Q-1 그랑프리'가 짬짜미였다는 증거 아닌가. 도미즈카 씨는 그렇게 추측하는 듯했다.

—한 거 맞지?

그렇다고 대답하고 싶은 마음을 꾹 참으며 대답했다.

"아직 모르겠어요."

—모르겠다고? 거의 같은 문제가 나왔는데?

"저는 혼조 기즈나가 출연한 방송을 꽤 봤어요. 총연출자는 대부분 사카타 야스히코였죠. 하지만 이전 프로그램에 나온 것과 유사한 문제가 'Q-1 그랑프리'에 나온 경우는 이번에 처음 봐요."

—하지만 우연치고 너무 똑같지 않아?

"글쎄요."

대답하면서 혼조 기즈나를 변호하려는 자신을 발견했다.

'왜 그러는 걸까?'

또 다른 자신이 물었다.

그놈은 부당하게 1천만 엔을 빼앗아 간 인간이라고.

—혼조 기즈나를 두둔하는 거야?

"그건 아니에요……."

도미즈카의 말을 부정하면서 'Q-1 그랑프리'를 직접 다시 보며 떠오른 생각을 말했다.

"……하지만 결승전 첫 번째 문제인 '심야의 대단한 힘'은 저도 옛날에 만든 적 있어요. 두 번째 문제인 '안나 카레니나'는 오픈대회에서 여러 번 정답을 맞혔고요. 결승전에서는 틀렸지만 아르바이트로 '휘종' 문제를 만든 적도 있어요."

—그거랑 이거는 이야기가 다르잖아?

"같아요……."

입으로는 그렇게 대답했지만 마음은 무슨 말을 하는 거냐고 소리쳤다. 도미즈카 씨는 나를 지켜주려고 하는데 정작 나는 그 도움의 손길을 뿌리치려고 한다.

"……퀴즈를 하다 보면 누구나 그런 경험을 하잖아요. 정답을 맞힐 때 반드시 문제와 과거 자신이 겪은 경험이 겹쳐 보이죠. 그러지 않으면 우리는 문제의 답을 맞힐 수 없어요."

—그건 극단적인 논리 아닌가?

"극단적인가요?"

—경험이 겹쳐 보인다고 해도 정도가 있지.

"애초에 퀴즈에 출제되느냐 아니냐만의 문제가 아니에요. 세상은 아는 것과 모르는 것 두 가지로 이루어져 있어요. 안다는 것은 지금까지 자신의 인생과 관련 있다는 뜻이죠. '노지마 단층'만으로는 아무것도 단정할 수 없어요. 혼조 기즈나의 인생 한 부분이 퀴즈에 출제됐다, 그뿐이에요."

—뭔가 어려운 이야기를 하네.

"죄송해요. 마침 그런 생각을 하고 있었거든요."

—퀴즈란 무엇인가, 같은 생각?

"뭐, 비슷해요. 저는 경찰이 아니니까 혼조 기즈나와 사카타 야스히코가 어떤 메일을 주고받았는지, 어떤 대화를 나눴는지 조사할 방법이 없죠. 그러니 귀류법[36]으로 짬짜미를 증명하려는 거예요. '퀴즈를 풀 때 우리는 무엇을 근거로 사고할까' 생각했어요. 혼조 기즈나가 문제를 한 글자도 듣지 않고 정답을 맞힌 행동에 어떠한 합당한 근거가 없다면 짬짜미였다고 증명할 수 있겠죠."

—'퀴즈의 답을 맞힌다는 것은 무엇을 의미하는가'를 알면 혼조 기즈나가 짬짜미를 했는지 하지 않았는지 알 수 있다고? 네가 무슨 말을 하는지 알 것도 같지만 납득이 가는 건 아니야. 하지만 그런 거창한 이야기가 싫지는 않네.

"고마워요."

—미즈시마에게 'Q의 모든 것'에 나온 문제를 총정리한 목록을 받았는데 필요해? 너무 방대해서 나도 내용까지 확인은 안 했는데.

"보내주세요. 혼조 기즈나에 관한 것이라면 무엇이든 필요해요."

반사적으로 대답했다.

—혼조와는 상관없을 것 같은데.

"그래도 좋아요."

—나는 나대로 좀 더 알아볼게.

도미즈카 씨가 마지막 말을 남기고는 전화를 끊었다.

---

36 어떤 명제가 참임을 증명하려 할 때, 그 부정 명제를 참이라고 가정하고 그것의 모순을 증명함으로써 원래 명제가 참임을 증명하는 방법.

"나 뭐 하는 거지."

전화를 끊고 큰소리로 혼잣말을 했다.

처음에 혼조 기즈나는 적이었다. 퀴즈를 모르는 방송인에다가 부정한 방법으로 'Q-1 그랑프리'에서 우승했다고 생각했다. 하지만 그 인상은 점점 변했다. 혼조 기즈나는 퀴즈 공부를 했다. 실력이 확실하고 내가 깨닫지 못한 확정 포인트를 알아차렸을 가능성도 있다. 부정한 방법을 쓰지 않았더라도 내가 졌을 수도 있다.

한동안 아무것도 손대지 않고 일시 정지된 모니터만 가만히 응시했다. '노지마 단층'이라고 대답한 혼조 기즈나가 오른손으로 살짝 브이 포즈를 취한 채 멈춰 있었다. 드물게 감정을 드러내며 기뻐하는 모습이었다. 물론 어떤 기분인지 잘 안다. 예전에 틀린 적 있는 문제의 정답을 맞혔을 때는 다른 문제를 맞혔을 때보다 더 기쁘다. 자신이 성장하고 있다는 사실, 자신의 지식이 확실히 늘어나고 있다는 사실을 실감하기 때문이다.

나는 정지된 화면 속 혼조 기즈나에게 물었다.

이봐, 너는 왜 문제를 한 글자도 듣지 않고 버튼을 눌렀지?

어떻게 정답을 맞혔어?

그건 퀴즈였어?

아니면 마법이었어?

혼조 기즈나는 여전히 같은 표정으로 브이 포즈를 취한 채 카메라 우측 상단을 바라보고 있었다.

알려주지 않는다면 내가 직접 답을 찾을 수밖에.

재생 버튼을 눌렀다.

혼조 기즈나가 움직이기 시작했다.

Q

나는 도미즈카 씨에게 했던 말을 떠올렸다.

세상은 아는 것과 모르는 것 두 가지로 이루어져 있다.

정답을 맞혔다고 답에 관한 모든 현상을 아는 것은 아니다. 유리 가가린의 '지구는 푸르다'라는 말을 안다고 해서 가가린이 본 푸른 지구를 이해할 수 있지 않듯.

정답을 맞히는 행위는 오히려 그 이면에 아직 모르는 세상이 펼쳐져 있다는 사실을 아는 것이기도 하다. 가가린의 말을 아는 덕분에 우리는 우주에서 본 푸른 지구를 상상할 수 있다.

참고로 정확하게 표현하면 가가린은 '지구는 푸르다'라고 말하지 않았다. '우주는 매우 어두웠지만 지구는 푸르렀다'라고 말했다. 나는 퀴즈를 하는 사람이니 이 말을 안다. 그리고 이 말을 더 좋아한다. 우리가 하늘이라고 생각하는 공간은 사실 태양 빛이 보여주는 환상일 뿐이지만 그래도 역시 지구는 푸르다고 알려준다.

'심야'라는 단어가 떠올랐다.

나는 깊은 바다로 가라앉는 태양이다. 빛을 비추는 부분을 볼 수 있다. 그러나 빛은 바닷속 깊은 바닥까지 닿지 않는다. 나는 바닷속을 표류하며 눈에 보이는 자그마한 풍경과 넓은 바다를 안다. 보지 못했던 어둠의 깊이를 안다.

그런 상상을 했다.

관객들이 아직도 웅성거렸다. 혼조 기즈나가 기이할 정도로 빠른 타이밍에 버튼을 눌렀기 때문이겠지. 그 분위기를 감지한 진행자가 물었다.

"관객들도 놀라셨는데요, 정답을 어떻게 그렇게 빨리 아셨나요?"

"아와지시마에서 노지마 단층을 직접 본 적이 있거든요. 한신·아와지 대지진은 제가 태어나기 전에 발생했지만 그 지진 때문에 외할아버지가 돌아가셨습니다. 제게는 절대 놓칠 수 없는 문제죠."

나는 옆에서 초조하게 눈동자를 굴렸다. '노지마 단층' 문제에서 혼조 기즈나보다 먼저 버튼을 눌렀을 가능성을 생각하고 있을 터였다. 그러다가 이내 어림도 없었다고 깨닫고 오른손을 내려다봤다. 방금 문제에서 확정 포인트가 있었는지 없었는지는 모르지만 어느 쪽이든 당해 낼 수 없었다.

'마음을 다잡고 다음 문제를 가져오자.'

혼조 기즈나는 어지간하면 가족 이야기를 하지 않는다. 문득 동생 혼조 유토의 이야기가 떠올랐다. 한신·아와지 대지진과 관련된 사연에서 동일본대지진 이야기가 연상됐다. 혼조 기즈나는 동일본대지진 때 야마가타현에 있었다. 학교폭력을 당해 등교를 거부하고 자신의 방에 틀어박혀 살았다. 그리고 지진을 계기로 다시 학교에 나갔다. 자신의 방이라는 좁은 세상에서 더 넓은 세상으로 나왔다.

"미시마 씨, 결국 따라잡히고 말았네요."

진행자가 이번에는 내게로 화제를 돌렸다. 무슨 말을 해야 할지 몰라 잠시 고민하다가 대답했다.

"집중해서 다음 문제를 풀겠습니다."

무대 위의 나는 그저 혼조 기즈나의 속도에 놀란

상태였다. 버튼을 너무 빨리 눌러서 확정 포인트가 무엇이었는지도 파악하지 못했다. 그때 나는 'Q의 모든 것'에도 같은 문제가 나온 적이 있다는 사실을 몰랐다.

"미시마 씨가 저력을 보여줄지, 아니면 혼조 씨가 역전할지. 바로 다음 문제에서 확인하시죠."

진행자의 말이 끝나자 아나운서가 입을 뗐다.

"문제……."

아직 마음을 완전히 다잡지 못했고 스튜디오 분위기도 완전히 정돈되지 않았다. 나는 머릿속이 새하얘진 채로 문제 읽는 소리를 건성으로 들었다.

"몬스터들이 사는 지하세계를 무대로 지상으로 돌아가려는 '인간' 아이가 되어 모험하는 스토리입니다. 토비 폭―"

칭찬할 만한 타이밍은 아니지만 내 정답 우선권을 알리는 램프에 불이 들어왔다.

'지하세계'라는 단어가 들린 뒤 계속 어떤 게임을 생각했다. 기리사키가 거실에서 즐겨 하던 게임. 그녀에게 그 게임 이야기를 자주 들었다. 토비 폭스라는 천재가 게임을 거의 혼자 다 만들었다는 사실. 플레이에 따라 달라지는 내용과 멋진 음악. 자신이 없어서 '토비 폭스'가 들릴 때까지 기다렸다가 버튼을 눌렀다. 그래도 내가 먼저 눌렀다. 혼조 기즈나는 훨씬 더 자신이 없었던 듯하다.

"언더테일undertale."

자신은 있지만 목소리는 크지 않았다. 그때 혼조 기즈나가 찰나 아차 하는 표정을 지었다.

딩동댕.

관객석에서 안도의 한숨이 흘러나왔다. 아무도 정답을 맞히지 못하고 지나가는 줄 알았기 때문이다.

5대4.

다시 내가 앞섰다.

Q. 몬스터들이 사는 지하세계를 무대로 지상으로 돌아가려는 '인간' 아이가 되어 모험하는 스토리입니다. 토비 폭스가 개발했으며 일본에서도 큰 인기를 끈 인디 게임은 무엇일까요?

A. 언더테일undertale.

Q

—출장 갔다 오면 할 이야기가 좀 있는데.

기리사키의 그 메시지를 교토의 비즈니스호텔에

서 확인했다.

고등학생들에게 퀴즈 소재가 된 후 심포지엄에 참석하고 퀴즈 대회에서 우승한 뒤 일요일에 도쿄로 돌아갔다.

에이후쿠초의 집에서 기리사키가 말했다.

"동거 그만하고 싶어."

전혀 생각지도 못한 이야기였다. 곧바로 이유를 물었다.

"계속 같이 살다가는 네가 싫어질 것 같아서."

이해할 수 없어서 이유의 이유를 물었다.

"왜 싫어질 것 같은데?"

"요즘 잠을 잘 못 자."

그러면서 내가 교토로 출장을 가서 집을 비운 날 밤, 정말로 오래간만에 푹 잤다고 한다.

"침대 따로 쓰면 되지 않아?"

"아마 안 될 것 같아."

그렇게 기리사키는 원래 살던 집으로 돌아갔다. 말릴 방법이 없었다. 집세는 계속 내겠다고 했지만 거절했다.

한 달에 한 번꼴로 휴일에 만났다. 쇼핑하고 저녁을 먹고 저녁 8시에는 헤어졌다. 자고 가라고 권했지만 그녀는 거절했다.

그렇게 반년 정도 각자 다른 집에서 살다가 우리는 헤어졌다.

"내가 근본적으로 동거와 맞지 않아. 집에 나 말고 다른 사람이 있는 것만으로도 스트레스를 받는 것 같아. 다 내 잘못이니까 마음 쓰지 마."

하지만 신경 쓰였다. 계속 침울했다. 출전하려던 오픈대회를 컨디션 난조로 취소했다.

— 만나서 이야기하자.

미련하게도 기리사키에게 몇 번이나 라인 메시지를 보냈다.

— 미안해.

돌아온 말은 그뿐이었다.

진부한 표현이지만 가슴에 큰 구멍이 난 것 같았다. 내가 어떻게 했어야 했는지 매일 밤마다 끊임없이 생각했다. 동거를 제안한 사람은 나였다. 같이 사는 것을 내켜 하지 않던 기리사키를 설득한 사람도 나였다. 아직 동거할 필요는 없었다. 그렇지 않아도 새로운 생활을 시작했고 여러 가지 일들이 크게 변화하는 와중에 두 사람의 관계까지 변화를 줄 필요는 없었다. 기리사키는 줄곧 스트레스를 받았고, 그 스트레스를 말로 표현하지 못해 잠을 이루지 못하고 밤을 지새웠을 것이다. 동거하지 않았다면 우리는 헤어지지 않았겠지. 인생이라는 퀴즈에서 나는 오답을 선택했다. 그 결과 오답에 대한 벌을 받았다.

대회를 거른 나를 걱정해 퀴즈 연구회 동기였던 가시마가 연락해왔다. 나는 기리사키와의 사이에 일어났던 일을 설명했다. 가시마가 말했다.

"퀴즈 하자."

"지금 그럴 기분 아니야."

가시마는 멋대로 내 이름으로 작은 대회에 참가 신청을 했다. 애니메이션, 게임, 음악 분야만 출제하는 온라인 대회였다. 함께 게임하자는 권유에 그룹 통화에 들어가게 된 나는 그제야 퀴즈 대회가 시작된다는 사실을 알았다. 못 들은 이야기로 하겠다며 통화 그룹에서 빠지려던 나를 가시마가 붙잡았다.

"버튼을 누르다 보면 분명 기분이 나아질 거야."

마지못해 참가했지만 애니메이션, 만화, 게임, 음악은 그다지 잘 아는 분야가 아니었다. 기리사키가 그 분야에 빠삭하다는 사실이 생각나서 기분이 더욱 더 처졌다.

첫 번째 스테이지인 버튼 빨리 누르기 퀴즈에서 열 문제가 나올 때까지 나는 한 번도 버튼을 누르지 못했다. 의욕이 없지는 않았다. 완전히 집중했냐고 물으면 그렇다고 대답할 수 없지만 막상 퀴즈가 시작되자 이겨야겠다는 마음이 생겼다. 그러나 가시마를 포함한 다른 참가자들이 버튼을 누르는 속도를 따라가지 못했다.

그러다 열한 번째 문제에서 나는 처음으로 버튼을 눌렀다.

"미국 북동부에 있는 가상의 마을을 무대로 하며, 제목과—"

여기서 버튼을 눌렀다. 그렇게 자신 있지는 않았지만 확신이 생기고서 버튼을 누르려고 하면 이 시합에서 이길 수 없다는 사실을 알았다.

"사일런트 힐."

딩동댕.

정답을 알리는 소리가 나고 문제가 표시됐다.

Q. 미국 북동부에 있는 가상의 마을을 무대로 하며, 제목과 이름이 같은 고스트 타운에서 '현실 세계'와 '이면 세계'를 오가며 진행되는, 코나미에서 발매한 인기 호러 게임은 무엇일까요?

A. 사일런트 힐(또는 사일런트 힐 시리즈).

꽤 오랜만에 퀴즈 정답을 맞혔다. 기리사키와 헤

어지고 나서 처음으로 문제를 풀었다.

마음속 깊은 곳에서 매우 그리운 감정이 솟구쳤다. '사일런트 힐'은 옛날에 한창 빠져서 클리어했던 게임이다. 게임을 즐기지는 않지만 사일런트 힐 시리즈는 좋아했다.

어렴풋이 옛날 생각이 났다. 중학교 입시 공부는 제쳐두고 형에게 '사일런트 힐 4'를 빌려 한밤중에 몰래 플레이했다. 그런데 너무 무서워 비명을 지르는 바람에 아버지를 깨우고 말았다. 결국 호되게 혼나고 플레이 스테이션 2를 압수당했지만 몰래 다시 가져와 다음 날에도 게임을 했다.

열네 번째 문제에서 나는 두 번째로 정답 버튼을 눌렀다.

"타케다 아ㅡ" 가 들린 순간이었다.

평소 퀴즈 대회라면 버튼을 누를 만한 시점이 아니었다. 하지만 이 대회는 애니메이션, 만화, 게임, 음악 분야로 한정되어 있고 음악 분야도 애니메이션이나 게임과 관련된 문제만 출제됐다.

"울려라! 유포니엄."

자신 있게 대답했다.

딩동댕.

"엄청 빠르네!"

다른 참가자들이 이구동성으로 말했다.

Q. 타케다 아야노의 동명 소설이 원작입니다. 교토부 우지시가 무대이며 취주악부 고등학생들이 전국대회를 목표로 분투하는 모습을 그린 이 애니메이션은 무엇일까요?

A. 울려라! 유포니엄.

"너 애니메이션도 잘 알아?"

가시마가 물었다.

"가끔 봤거든."

동거할 때 '울려라! 유포니엄' 애니메이션을 기리사키와 함께 봤다. 그래서 정답을 맞힐 수 있었다.

기리사키를 떠올리자 대회 중에 눈물이 나올 것 같았다. 그런 와중에 머릿속에서 "딩동댕"하는 소리가 계속 울렸다.

내 상태가 심상치 않다는 것을 눈치챈 가시마가 대회를 중단하고서 물었다.

"괜찮아?"

"괜찮아."

물기 어린 목소리로 대답했다. 스스로도 괜찮은

지 괜찮지 않은지 몰랐지만 대회는 계속 참가했다. 이후에도 몇 문제 정답을 맞혔지만 점수가 약간 모자라 첫 번째 스테이지에서 탈락했다.

대회가 끝난 뒤에도 '올려라! 유포니엄'이라고 답한 뒤 딩동댕 울리던 소리가 귓가를 떠나지 않았다.

홀로 한동안 울고 나서 다시 퀴즈를 하고 싶다고 생각하는 자신을 깨달았다. "딩동댕" 울리는 소리는 퀴즈의 정답을 알리기만 하는 소리가 아니다. 정답을 맞힌 사람에게 '네가 옳다'고 긍정해 주는 소리기도 했다.

기리사키와 만나지 않았다면, 기리사키와 동거하지 않았다면 '올려라! 유포니엄'을 맞힐 수 없었다.

퀴즈가 나를 긍정해 줬다.

너는 소중한 존재를 잃었을지도 몰라. 하지만 무언가를 잃음으로 다른 무언가를 얻기도 해. 너는 정답을 잘 찾았어.

퀴즈가 그렇게 말해주는 기분이었다.

그다음 주부터 퀴즈 대회에 복귀했다. 어느 때보다 진지하게 퀴즈를 풀었다. 내게 퀴즈의 가장 큰 매력은 퀴즈가 내 인생을 긍정해 준다는 점이었다. 퀴즈는 나에게 어떤 인생이든 틀리지 않았다고 격려해 줬다.

다시 떠올렸다.

'심야의 대단한 힘'을.

'안나 카레니나'를.

'미카즈키 무네치카'를.

'OTPP'를.

그리고 지금까지 정답을 맞힌 모든 퀴즈를.

퀴즈의 정답을 맞힌다는 것은 그 정답과 어떤 형태로든 연관해 왔다는 증거다. 우리는 퀴즈라는 경기를 통해 서로의 증거를 보여준다.

그런 생각이 들었다.

Q

'노지마 단층'을 빠른 타이밍에 맞힌 혼조 기즈나 때문에 당황한 내게 냉정을 되찾아준 존재는 "딩동댕" 정답을 알리는 소리였다.

우리는 살면서 언제나 퀴즈 문제를 맞닥뜨린다. 퀴즈 경기를 할 필요는 없다. 퀴즈는 세상 어디에나 존재한다.

상처받고 고민에 빠진 친구에게 어떤 말을 해야 할까?

불합리한 요구를 하는 상사에게 어떻게 대응하면 좋을까?

그저 참기만 하고 지금 맡은 일을 계속해야 할까, 아니면 과감히 이직해야 할까?

평은 좋지만 비싼 냉장고와 평은 그럭저럭 평범하지만 저렴한 냉장고 중 무엇을 사야 좋을까?

휴대폰 할부금이 남아 있는데 액정에 금이 갔다면 새 기기를 사야 할까, 수리해야 할까, 그대로 참고 써야 할까?

일 때문에 지친 날 큰마음 먹고 평소보다 비싼 밥을 먹을까, 편의점 도시락으로 때울까?

다음 편 이야기가 궁금한 외국 드라마를 밤새워 볼까, 착한 아이처럼 잠을 잘까?

어떤 답을 내놓을지는 사람마다 다르지만 어쨌든 우리는 버튼을 누른다. 과거 경험을 떠올리거나 다른 사람의 지혜를 빌리면서 답을 내놓는다.

퀴즈 경기와 다른 점은 이 세상에 출제되는 문제에는 대부분 정답이 없다는 것이다. 우리는 답을 말한다. 결단하고 행동한다. 그리고 자신이 내놓은 답이 정답이었는지 모른 채 살아간다. 그리고 자주 후회한다. 자신의 선택이 잘못된 것은 아닐까 불안해한다.

그때 이런 답을 선택했다면 혹시…….

선택하지 않았던 답에 대해 생각한다.

세상에 존재하는 퀴즈 대부분은 정답이 없다. 오히려 답이 있는 일부 문제만 꺼내 놓은 것이 우리가 하는 퀴즈 경기일지도 모른다.

기리사키와 헤어지고서 '이런 생각을 할 거면 그녀와 만나지 말았어야 했다'라는 가요 가사 같은 생각에 빠져 살던 시기도 있다. 하지만 그녀와 보낸 시간 덕분에 몇 문제를 풀 수 있었고 그 덕분에 나는 발전할 수 있었다. 퀴즈 플레이어로서 나는 그럭저럭 괜찮다고 생각하지만 인간으로서는 매우 미숙하다. 많은 실수를 하며 살았다. 하지만 퀴즈를 한 덕분에 스스로를 긍정할 수 있다.

"미시마 씨, 다시 리드를 잡았습니다."

"네."

"이제 두 문제만 더 맞히면 1천만 엔을 거머쥘 수 있어요."

"네. 분발하겠습니다."

여전히 재미없는 대답이었지만 결승전의 긴박한 분위기가 전해져서 나름대로 나쁘지 않았다고 생각했다.

"혼조 씨도 버튼을 눌렀는데요."

진행자가 이번에는 혼조 기즈나에게 물었다.

"제가 한발 늦었네요. 정보 검색에 시간이 걸렸습니다."

"데이터베이스가 방대해서 그런가요?"

"아뇨, 검색이 서툴러서 그래요."

화면 앞에서 나는 퀴즈를 풀 때 어떤 근거로 답을 찾을까 생각했다. 결승전 영상을 보면서 나름대로 추론한 내용을 정리했다.

퀴즈 문제집에서 푼 적 있다. 문제를 만든 적 있다. 다른 퀴즈 대회에 출제된 적 있다. 교과서에서 본 적이 있다. 신문이나 인터넷 기사에서 읽은 적 있다. TV에서 본 적 있다. 실제로 가 본 적이 있다. 다른 사람에게 배운 적이 있다.

이 모든 근거의 공통점은 전부 자기 인생의 일부라는 점이다. 문제집에서 푼 적 있는 문제를 맞혔을 때 나는 그 문제집을 풀었을 때를 떠올렸다. 유사한 문제를 직접 만든 적이 있었을 때는 무엇 때문에 어떤 이유로 문제를 만들었는지 생각했다. 물론 어디에서 배웠는지 모르는 것도 있었다. 그러나 어딘가에서 배운 것만은 확실하다. 정답은 어떠한 형태로든 내 인생과 관련되어 있다.

그런 생각에 잠긴 사이에도 방송은 진행됐다. 정
신을 차리고 보니 마침 열두 번째 문제가 나오고 있
었다.

"문제……?"

그 소리에 화면 앞에 있는 나는 다시 영상에 집중
했다. 분명 다음 문제는…….

"학명은 스트릭스 우랄렌시스이며 '숲의 파수꾼'이
라는 이미지 때—"

버튼을 누른 사람은 혼조 기즈나였다. 나는 버튼
을 누르려고 오른손에 힘을 주다가 직전에 손가락을
뗐다.

이때의 나는 답을 몰랐지만 '숲의 파수꾼'이라는
말을 듣고 오랑우탄을 떠올렸다. '오랑우탄'이라는
단어는 말레이어로 '숲의 사람'을 의미한다고 기억
했다. 하지만 그렇다면 서두에 그 이야기가 나왔을
텐데 문제가 학명으로 시작해서 부자연스러웠다. 막
연하게 그런 생각에 잠겨 있었다.

물론 나는 동물이나 식물의 학명을 외우지 않았
다. 퀴즈 지식밖에 모른다. 학명의 틀을 완성한 인물
은 스웨덴의 박물학자 린네라는 사실과 따오기의 학
명이 니포니아 니폰Nipponia nippon이고 지볼트[37]가 일
본에서 네덜란드로 보낸 따오기 표본에서 유래했다

는 사실 등은 알지만 '스트릭스 우랄렌시스'라는 학명은 들어본 적도 없다.

화면에 비추는 혼조 기즈나는 눈을 감은 채 경직되어 있었다. 쥐 죽은 듯 조용한 스튜디오는 그가 무슨 답을 꺼낼지 숨죽이고 기다렸다.

"자, 정답은요?"

정답 제한 시간이 거의 지나가자 진행자가 재촉했다.

혼조 기즈나가 작은 목소리로 대답했다.

"오랑우탄."

명백하게 자신 없어 보였다.

땡.

득점 상황은 여전히 5대4.

혼조 기즈나는 득점하지 못했을 뿐 아니라 오답 기회도 아슬아슬해졌다. 답을 두 번 틀렸기 때문이다. 오답을 세 번 말하면 실격이다. 혼조 기즈나는 이기려면 적극적으로 버튼을 눌러야 하지만 이제 오답은 허용되지 않는다.

---

37 독일의 의사이자 박물학자. 1823년 일본 나가사키 데지마의 네덜란드 상관으로 주재하며 치료와 의술 교육을 담당했다. 1828년 발생한 지볼트 사건으로 1829년에 추방되었으면 1859년에 다시 일본에 방문했다.

Q. 학명은 스트릭스 우랄렌시스이며 '숲의 파수꾼'이라는 이미지 때문에 지바역 앞 파출소[38]의 모티브가 된 동물은 무엇일까요?

A. 올빼미.

Q

트위터에 DM(다이렉트 메시지)이 와서 곧바로 확인했다. 혼조 기즈나의 새 영상을 입수했다는 소식일지도 모른다.

DM을 열었다. 모르는 계정이 보낸 메시지였는데 '미시마 씨의 팬입니다'라고 적혀 있었다.

— '노력하면 꿈은 이루어진다'라고 한 미시마 씨의 말과 끝까지 포기하지 않는 자세에 감동받았습니다. 팬레터를 보내고 싶은데 어디로 보내면 될까요?

한숨을 쉬며 트위터를 닫았다. '노력하면 꿈은 이루어진다'라고 말한 적도, 그런 글을 남긴 기억도 없다. 굳이 따지자면 싫어하는 말이기도 하다.

---

38 지바역 앞 광장이 콘크리트에 둘러싸인 인공 숲 같다고 하여 파출소 건물을 '숲의 파수꾼'으로 사랑받는 올빼미 모양으로 설계했다.

‘Q-1 그랑프리’에 출연한 뒤로 이러한 DM이 갑자기 늘었다. 7백 명 정도였던 팔로워도 어느 순간 만 명이 넘었다.

‘Q-1 그랑프리’의 다른 출연자들과 달리 나는 프로그램에 대한 이의 제기나 혼조 기즈나의 부자연스러운 버튼 누르기 등을 SNS에 쓰지 않았다. 아직 1천만 엔을 받을 가능성이 있을지도 모른다고 생각했기 때문이다. 프로그램 측과 무작정 대립하고 싶지 않았고 눈앞에서 우승을 빼앗긴 가여운 준우승자라는 입장을 고수하는 편이 더 이득일 것이라는 욕심도 있었다.

의외였던 점은 그 태도를 흡족해하는 혼조 기즈나의 팬이 많았다는 사실이다. 그들 중 일부가 내 계정을 팔로우했다. 혼조 기즈나와 내가 서로를 인정한 라이벌이라고 여기는 사람도 있고, 혼조와 내가 깊은 우정으로 맺어진 사이라고 망상하는 사람도 있었다. ‘노지마 단층’이라고 대답한 혼조를 바라보며 아연해진 내 얼굴을 캡처해 놓고 ‘혼조 기즈나의 완벽한 플레이에 넋을 잃은 미시마 레오’라고 적어 놓거나, ‘가릉빈가’를 생각해내지 못하도록 압박하는 내 모습에 ‘혼조 기즈나를 좋아하는 미시마 레오’라고 적어 놓기도 했다.

인터넷상에서 나는 어느새 '어려서부터 퀴즈를 위해 살아왔고 그 때문에 노력을 아끼지 않은 사람'이 되어 있었다. 말주변이 없고 여자아이들과도 제대로 대화를 나누지 못했지만 퀴즈에 대한 열의만은 누구에게도 지지 않는 사람. '노력하면 꿈은 이루어진다'를 말버릇처럼 달고 사는 사람. 그들에게 나는 평범한 사람이라도 노력해서 싸울 수 있다는 것을 증명하려는 사람이었다. 'Q-1 그랑프리' 결승전에서 혼조 기즈나라는 진정한 천재와 만났고 마지막 문제에서는 전설의 '문제 안 듣고 정답 맞히기' 때문에 패배했다. 하지만 혼조 기즈나의 버튼 빨리 누르기에 감동해 그의 우승을 진심으로 축하했다.

전부 망상이다.

'Q-1 그랑프리'에서 진행자의 질문에 재치 있게 받아치지 못한 사실은 인정하지만 나는 연예인이 아니기 때문에 당연한 일이었다. 녹화 중에 보조 역할을 하던 여배우를 거의 쳐다보지 않은 것은 여자를 대하는 데 서툴러서가 아니라 우승에 집중해서 그럴 여유가 없었기 때문이다. 나는 세상에는 노력해도 이룰 수 없는 꿈도 많다는 것을 아는 상식 있는 사람이다. 결승전에서 중간까지는 혼조 기즈나를 구글 검색창의 다운그레이드 버전이라고 생각했고 마지막 문제는 짬짜미였다고 생각했다. 물론 그의 우승을 축하하는 마음 따위 없었다. 어떻게 하면 1천만 엔을 받을 수 있을까, 그런 생각도 했다.

견딜 수 없었다.

TV에 잠깐 나온 내 모습만 보고 어떻게 그렇게 단정 지을 수 있지?

화면으로 전해지는 정보만으로 내 무엇을 안다는 말인가.

자신을 '미시마 레오의 팬'이라고 소개하는 사람들이 풀어놓은 망상을 보며 기분 나빠졌다. 잠깐 보고 알게 된 미미한 정보로 우상을 만들고 숭배한다. 나는 아주 잠깐 TV에 출연했을 뿐인데 나와는 동떨어진 캐릭터가 형성되었다. 혼조 기즈나는 줄곧 이런 일방적인 단정이나 망상의 압박을 견뎌왔을까?

트위터를 닫고 일시 정지된 화면을 바라봤다. 혼조 기즈나가 답을 틀린 문제의 전문이 적혀 있었다.

Q. 학명은 스트릭스 우랄렌시스이며 '숲의 파수꾼' 이라는 이미지 때문에 지바역 앞 파출소의 모티브가 된 동물은 무엇일까요?

A. 올빼미.

그제야 비로소 이 문제가 지바역의 올빼미 파출소와 관련된 문제라는 사실을 깨달았다. 묘한 퀴즈였다.

올빼미 파출소는 지바역 동쪽 출구 바로 앞에 있다. 분명 한 번 안에 들어가 본 적이 있다. 중학생 때 지바역에서 지갑을 주워 파출소에 전달하러 친구와 함께 갔다. 서류에 내 주소와 연락처를 적고 파출소를 떠났다. 적지 않은 현금이 들어 있던 것 같은데 자세히는 기억나지 않는다. 내가 지갑을 주웠을 때 함께 있던 친구 사토가 그 자리에서 경찰서에 가자고 말했다. 남몰래 슬쩍 가져가면 어떨까 생각하던 내가 한심했던 기억만 난다. 지갑 주인을 찾았는지, 사례금을 받았는지 그런 사실도 기억나지 않는다. 참고로 이케부쿠로에도 올빼미 파출소가 있고 퀴즈 문제로 나온 적도 있다.

혼조 기즈나가 문제 도중에 버튼을 누른 탓에 당시에는 전혀 눈치채지 못했지만 이 문제는 지바시 출신인 사람에게 상당히 유리한 문제였다. 지바역 근처에 사는 사람이라면 대부분 올빼미 파출소를 알 것이다.

'둘 다 같은 상황이었구나.'

나는 깨달았다.

혼조 기즈나가 한 글자도 듣지 않고 문제를 맞힌 '엄마. 클리닝 오노데라예요' 문제는 특정 지역 출신 자만 맞힐 수 있는 문제이다시피 했다. 그와 마찬가 지로 지바시 출신인 나만 맞힐 수 있는 문제도 마련 되어 있었다.

혼조 기즈나가 어떻게 '엄마. 클리닝 오노데라예 요'를 답할 수 있었는지는 여전히 알 수 없다. 하지만 적어도 'Q-1 그랑프리'가 공평하게 내게 유리한 문 제도 출제했다는 사실을 알게 됐다.

가설을 세웠다.

사카타 야스히코는 우리가 답할 수 있는 문제를 준비한 것 아닐까.

'심야의 대단한 힘'이나 '안나 카레니나'도 그렇 다. 이것들은 과거 내가 만든 문제이자 대회에서 정 답을 맞힌 적 있는 문제다. 퀴즈 플레이어로서의 나 를 조금이라도 조사했다면 예전에 이 문제들과 관련 된 적이 있다는 사실을 알았을 터. 물론 모든 문제 가 그렇지 않을 수도 있다. 그러나 전체 문제의 몇 퍼 센트 정도는 그런 식으로 만들지 않았을까.

Q

두 번째 오답이지만 혼조 기즈나의 표정에 변화
는 없었다.

나는 가슴을 쓸어내렸다. 그와 마찬가지로 '오랑
우탄'을 생각했기 때문이다. 만약 조급해져서 혼조
보다 먼저 버튼을 눌렀다면 오답을 말한 사람은 나
였으리라. 손도 거의 버튼에 얹은 상태였다. 버튼을
누르고 싶은 마음을 아주 근소한 차이로 참았다.

"혼조 씨, 이제 더 물러날 곳이 없어졌습니다."

"네. 하지만 제 방식을 바꾸지 않겠습니다. 위험을
감수하지 않으면 이 싸움에서 이길 수 없으니까요."

진행자의 말에 혼조가 수긍했다.

"그만큼 미시마 씨가 강하다는 뜻인가요?"

"네. 미시마 씨는 평범하게 싸워서는 이길 수 없
는 상대입니다."

화면을 보던 나는 그 말을 듣고 방송 초반에 혼조
가 했던 말이 떠올랐다.

—지금 필사적으로 찾고 있습니다.

분명 그렇게 말했다. 무엇을 찾느냐는 진행자의
질문에 '자신이 질 가능성'이라고 대답하기도 했다.
'평범하게 싸워서는 이길 수 없는 상대입니다'라는

말과는 모순되는 표현이다.

궁지에 몰려 진심이 튀어나왔을까? 아니면 프로그램을 띄우려는 립 서비스였을까?

"'Q-1 그랑프리' 결승전도 후반부를 달리고 있는데요. 그러면 다음 열세 번째 문제로 가 보죠."

진행자가 신호를 보냈다.

"문제……"

아나운서의 목소리를 들으며 나는 혼조 기즈나가 다음 문제에서 오답을 말해 실격되기를 바랐다. 그에게서 두 문제나 빼앗아야 한다고 생각하니 아찔해졌다.

"이벤트—"

삐—.

혼조 기즈나가 버튼을 눌렀다. 마치 짠 것처럼 빠른 타이밍이었다. 나는 누를 생각조차 못 했지만 문제를 읽는 아나운서의 입 모양을 보고 감을 잡았다. '이벤트'의 다음 글자는 아마도 일본어 50음도 중 '코こ'나 '호ほ'일 것이다.

문제가 '이벤트'로 시작하는 퀴즈는 별로 없다. 글자 그대로 '이벤트'의 의미라면 '행사'라고 말할 때가 많다.

'이벤트 ○○'라고 한 단어일 가능성도 생각했다.

이벤트 회사, 이벤트 동아리, 이벤트 스태프. 이벤트 다음에 '코ㄷ'가 나온다면 '이벤트 컴패니언[39]' 등을 생각할 만하다. 하지만 퀴즈에 그다지 접합한 단어는 아니다.

그렇다면 '호ㅑ'다. '호ㅑ'라면 틀림없이 '이벤트 호라이즌'이다.

정답을 알아버렸다.

'몰라라, 몰라라, 제발 몰라라.'

필사적으로 답을 찾는 혼조 기즈나의 옆모습을 보며 간절하게 빌었다. 문제를 읽던 입 모양을 제발 눈치채지 못했기를.

틀려라.

틀려서 실격해라.

"사건의 지평선."

혼조 기즈나가 대답했다. 한껏 자신 있는 큰 목소리였다.

딩동댕.

관객석은 그날 최고의 열기로 달아올랐다. 놀라움의 박수가 끊어질 줄 몰랐다.

[39] companion의 일본어 발음은 '콤파니온(コンパニオン)'이다.

너의 퀴즈

스튜디오의 관객들도 TV를 보던 시청자도 혼조 기즈나가 '이벤트'만 듣고 '사건의 지평선'을 맞혔다고 생각하겠지. 고작 그 정보만으로 정답을 유추한 혼조 기즈나의 초인적인 능력에 놀랐으리라.

그러나 무대 위에 있던 나는 아나운서의 입 모양이 '코'나 '호'였던 장면을 목격했다. 나는 다른 점에서 놀랐다. 혼조 기즈나가 문제를 읽는 입 모양을 끝까지 본 것이다.

이로써 5대5.

끈질기게 따라붙었다.

Q. '이벤트 호라이즌'으로도 불립니다. 이것을 지나는 순간 원리적으로 무한한 시간이 지나야 관찰자에게 도착한다고 하는데요, 정보 전달의 경계를 뜻하는 이것을 우리말로 무엇이라고 할까요?

A. 사건의 지평선(또는 사상의 지평선, 슈바르츠실트 반경).

Q

　나는 도미즈카 씨에게 받은 파일을 열었다. 'Q의
모든 것'에 나온 모든 문제를 정리한 목록이었다.

　문제를 각각 살펴보기 전에 알게 된 사실이 있다.
방송되지 않은 문제가 많았다. 걸러진 문제. 오답이
었던 문제. 아마도 정답이 나오기까지 시간이 걸린
문제. 정답은 나왔지만 멘트가 재미없던 문제.

　'Q의 모든 것'의 총연출자였던 사카타 야스히코
는 가차 없이 편집했다. 예선을 통과했지만 정답을
맞힌 장면이 한 문제밖에 방송되지 않은 출연자도
있는 듯했다.

　혼조 기즈나는 그러한 치열한 환경에서 살아남았
다. 그렇기에 '편집 당하지 않는' 능력이 단련됐는지
도 모른다. 그의 재치 있는 멘트는 'Q의 모든 것'에
서 길러진 능력이었다.

　그런데 편집된 문제의 양이 예상보다 많았다. 'Q
의 모든 것'을 보면서 축약되거나 자막으로 진행 상
황을 알리는 장면이 많은 것은 알았지만 이만큼이나
편집했을 줄은 몰랐다. 나도 퀴즈 프로그램에 출연
한 적이 여러 번 있지만 포인트를 쌓아야 이기는 퀴
즈 경기 프로그램을 이렇게까지 편집하고도 꾸려나

갈 수 있다니 놀라웠다.

'Q의 모든 것'은 어려운 문제와 기발한 문제가 많았다. 그만큼 초인적인 정답도 눈에 띄었지만 아무도 정답을 맞히지 못하는 문제도 늘어났다. 사카타 야스히코는 방송에 사용할 수 없는 장면이 쏟아질 것에 대비해 문제를 많이 준비했을 터다.

퀴즈 연구회 후배인 야마다의 이야기가 생각났다. 다른 프로그램이었지만 야마다도 사카타 야스히코의 프로그램에 출연한 적이 있다. 야마다는 '노벨 문학상에 관한 문제가 나올 수 있다'는 소식을 녹화 전날 전달받았다. 혼조 기즈나는 하룻밤 만에 수상자를 전부 외워 왔다. 그야말로 환상적인 퍼포먼스에 시청자들도 감탄했으리라. 사카타 야스히코와 혼조 기즈나는 그렇게 퀴즈 프로그램을 이끌어 왔다.

나는 생각했다.

왜 사카타 야스히코는 퀴즈 프로그램을 생방송으로 진행하려고 했을까?

—스포츠니까.

잡지 인터뷰에 실린 그의 대답이었다. 퀴즈를 스포츠라고 생각한다면 확실히 생방송으로밖에 전할 수 없는 현장감이나 감동이 있을 것이다. 그러나 지금까지 보여 준 사카타 야스히코의 연출 방향성과 모순된다. 그는 '재미있는 장면'만 모아서 프로그램을 제작했다. 그러기 위해 타협하지 않고 많은 장면을 편집해서 연출해 왔다.

사카타 야스히코 입장에서 생각해 봤다.

퀴즈 프로그램 생방송에서 가장 피해야 할 사태는 어떠한 상황일까?

문제를 다 읽어도 아무도 정답을 맞히지 못한다. 그런 문제가 계속 나오면 거의 방송사고다.

'Q의 모든 것'에서는 그런 문제들이 편집됐다. 출연자에 따라 오답이라도 재미있는 오답은 편집되지 않았다. 하지만 생방송에서는 편집이라는 기술을 쓸 수 없다. 그러니 정답을 맞히지 못할 문제를 만들어서는 안 되고 되도록 오답 수도 줄여야 한다. 그렇다고 쉬운 문제만 낼 수도 없다. 쉬운 문제로는 '상상을 초월한 정답 맞히기'가 나오지 않는다.

그래서 나를 퀴즈로 삼은 것 아닌가.

멋대로 그렇게 납득했다.

생방송 퀴즈 프로그램이 성립되려면 어떻게 해야할지 사카타 야스히코는 생각했다. 정답이 나오지 않을 문제를 없애고 오답도 되도록 줄이면서도 시청자가 놀랄 만한 장면이 나오려면 어떻게 해야 할까.

그래서 사카타 야스히코는 출연자들의 인생을 조

사했다. 출연자의 인생과 관련된 문제나 그들이 그동안 풀어온 문제를 많이 내려고 했다.

결승 무대에서 그 어느 때보다 퀴즈를 즐겼던 기억이 났다.

왜 퀴즈를 즐겼을까.

그것은 분명 정답을 맞히는 행위가 내 삶을 긍정하는 것으로 이어졌기 때문이다. 그 둘이 밀접하게, 그리고 깊은 부분으로 연결되어 있던 이유는 생방송으로 진행되는 퀴즈 프로그램을 재미있게 살리려던 사카타 야스히코가 선택한 전략 때문 아니었을까.

물론 퀴즈란 필연적으로 참가자의 인생과 관련된 경기다.

그러나 그것이 다는 아니다.

제작진은 생방송이라는 특수한 형식에서 '참가자의 인생'이라는 측면을 강조했다. 우리는 글자 그대로 서로의 인생에 대한 질문을 받은 것 아닐까.

그런 생각이 들었다.

Q

"자, 혼조 씨. 따라잡았네요."

"네."

진행자의 말에 혼조가 고개를 끄덕였다.

"미시마 씨, 따라잡혔어요."

나도 고개를 끄덕였다. 고개만 끄덕이고 아무 말도 하지 않았다. "따라잡혔네요"라고 말해도 좋았으련만. 영상을 보면서 생각했다.

나는 심호흡하고 양어깨를 빙글빙글 돌렸다. 이제 혼조 기즈나에게 오답 기회는 없는데 버튼을 누르는 시점을 보면 도박을 하는 듯 느껴졌다. 그 도박이 나를 아주 조금 압박했다.

5대5.

오답을 세 번 말하면 실격인 상황에서 나는 한 번, 혼조 기즈나는 두 번.

다음 문제에서 도박을 시도할 권리가 있다. 팽팽한 상황에서 버튼을 눌러도 된다. 오답이라고 해도 상황은 같아지고 정답이라면 앞설 수 있다. 다음 문제에서 가장 중요한 점은 혼조 기즈나보다 먼저 버튼을 누르는 것이다. 선택지가 두 가지로 좁혀지는 순간 버튼을 누른다. 상대가 그보다 전에 누르면 오답으로 실격할 것이다. 그렇게 버튼을 누르자.

"과연 누가 먼저 우승에 도달할 것인가."

진행자가 말했다.

"문제……"

문제를 읽는 아나운서의 얼굴을 응시했다. 입이 열리는 순간을 놓치지 않아야 했다.

"코우테こうてー."

문제가 들린 순간 시야 오른쪽 끝에 잡히던 혼조 기즈나의 팔에 힘이 들어가는 듯 보였다. 나는 무아지경으로 버튼을 눌렀다. 그 시점에는 어떤 문제인지 짐작도 가지 않았다. 그저 혼조 기즈나보다 먼저 버튼을 누르겠다는 일념뿐이었다.

삐―

'누구지?'

램프를 확인했다. 내 램프에 불이 켜졌다. 혼조 기즈나가 예상 밖이라는 표정을 지었다. 그도 버튼을 눌렀다. 내가 먼저 버튼을 눌러 놀란 듯했다. 나도 놀랐다. 이런 식으로 버튼을 누른 적은 거의 없다.

한발 늦게 뇌가 문제 소리를 받아들였다. '코우테こうてー'에서 버튼을 눌렀지만 아나운서는 '코우테이토こうていと'라고 말하고 있었다. 그리고 '코우테이こうてい'와 '토と' 사이에 약간 공백이 있었다. 문제는 '코우테이, 토こうてい、と'라는 문장이다.

마지막으로 내 눈과 귀로 얻은 정보를 문장에 덧붙였다. 아나운서의 입 모양을. 그 입에서 흘러나온 희미한 한숨을.

'소そ'다. 아나운서는 마지막에 '소そ'라고 말하려고 했을 터다. 즉 내가 얻은 정보는 '코우테이, 토소こうてい、とそ'다.

필사적으로 머리를 굴렸다.

'코우테이'라고 발음하는 단어는 무엇이 있을까. '긍정肯定', '교정校庭', '공정工程'.

이 단어들에 '토소とそ'가 붙을 수 있을까 생각했다.

제한 시간이 점점 줄어들었다. 디렉터가 손가락으로 '3, 2, 1'이라고 카운트 다운했다. 그 모습을 본 진행자가 입을 열었다.

"자, 정답은요?"

초조했다.

"심볼리 루돌프."

너무나 초조해서 입이 멋대로 움직였다. 그때 왜 심볼리 루돌프라고 말했는지 나도 잘 모르겠다. 무의식중에 '심볼리 루돌프'가 정답일 가능성이 가장 크다고 멋대로 판단했다.

정답 판정까지 시간이 몇 분처럼 느껴졌다.

스튜디오는 고요했다.

'‘소ぞ’가 아니라 ‘쇼しょ’였구나.'

정확하게는 ‘소ぞ’가 아니라 ‘쇼しょ’였다는 사실을 깨달았다. 무의식이 그 사실을 알아차렸다. ‘코우테이, 토소こうてい、とぞ’가 아니라 ‘코우테이, 토쇼こうてい、としょ’였다. 즉 이 퀴즈는 ‘교정’도 ‘긍정’도 ‘공정’도 아닌 ‘황제’로 시작하는 문제다.

‘황제라고 불리는[40]’으로 이어질 것이다. 그래서 ‘심볼리 루돌프’라고 답했다.

딩동댕.

정답을 알리는 소리였다. 나는 브이 포즈를 취했다. 무의식에서 나온 행동이었다. 퀴즈에 완전히 집중해서 자신이 무슨 행동을 하는지 신경 쓸 겨를이 없었다.

“오오!”

스튜디오에 사람들이 놀라는 소리가 퍼졌다. 나도 놀랐다. 내가 어떻게 정답을 맞혔는지 모르겠다. 마치 마법사가 된 기분이었다.

6대5.

---

[40] ‘~로 불리다’는 일본어로 ‘~と称される(~토쇼우사레루)’다.

나는 우승에 가까워졌다.

Q. '황제'라고 불리기도 하는, 일본 경마사상 최초로
7관왕을 달성한 경주마의 이름은 무엇일까요?
A. 심볼리 루돌프.

Q

왜 '심볼리 루돌프'라고 대답했는지 이유를 생각
했다. 무대 위에서 무의식중에 떠올린 생각을 언어
로 치환하려고 했다.

정말로 합리적이지 않은 사고였다. 문제의 확정
포인트가 나오지 않은 데다가 선택지를 줄일 수도
없었다.

'황제라고 불—'이라는 문제에 확신이 있다고 해
도 그 지점에서 '심볼리 루돌프'를 도출하기란 어렵
다. 그렇기에 무대 위의 내가 마법사가 된 것 아닌가
생각했다.

애초에 '황제'라고 불리는 인물은 수두룩하다. 당
장 생각나는 인물만 해도 프란츠 베켄바워, 미하엘
슈마허, 표도르 예멜리야넨코 등이 있다.

내가 '심볼리 루돌프'를 가장 먼저 떠올린 이유는 지난해 경마 방송의 의뢰를 받아 경주마 퀴즈를 열 문제 만들었기 때문이다. 그때 '심볼리 루돌프' 문제도 만들었다.

거기서 깨달았다.

이 문제도 역시 내 인생과 연관된 문제구나.

책상 위에 공책을 펼쳐놓고 'Q-1 그랑프리' 결승전에 출제된 모든 문제의 정답을 적었다. 그중에 퀴즈 플레이어로, 혹은 개인적으로 나와 연관된 문제에는 밑줄을 긋고 내가 정답을 맞힌 문제에는 ◎ 표시를 했다.

◎ 첫 번째 문제〈심야의 대단한 힘〉

◎ 두 번째 문제〈안나 카레니나〉

　세 번째 문제〈윌리엄 로렌스 브래그〉

　네 번째 문제〈히요리야마〉(오답〈덴포잔〉)

◎ 다섯 번째 문제〈미카즈키 무네치카〉

　여섯 번째 문제〈휘종〉(오답〈구로다 세이키〉)

　일곱 번째 문제〈사이언스〉

◎ 여덟 번째 문제〈OTPP〉

　아홉 번째 문제〈찰디란 전투〉

　열 번째 문제〈노지마 단층〉

◎ 열한 번째 문제 〈언더테일〉

　열두 번째 문제 〈올빼미〉 (오답 〈오랑우탄〉)

　열세 번째 문제 〈사건의 지평선〉

◎ 열네 번째 문제 〈심볼리 루돌프〉

　열다섯 번째 문제 〈가릉빈가〉

　열여섯 번째 문제 〈엄마. 클리닝 오노데라예요〉

　일곱 문제를 먼저 맞히면 이기는 경기에서 나를 위해 준비된 문제는 딱 일곱 문제였다.

　혼조 기즈나의 경우는 어떤지 생각했다.

　예컨대 '윌리엄 로렌스 브래그'는 노벨상 수상자를 모두 암기한 혼조 기즈나를 위한 문제다. '사이언스' 문제에서도 고등학생 때부터 읽었다고 대답했다. '노지마 단층'은 'Q의 모든 것'에 나온 문제였고 '엄마. 클리닝 오노데라예요'는 야마가타현에 거주한 적이 있는 그를 위한 문제였다. 내가 몰랐을 뿐 혼조 기즈나와 관련된 문제도 비슷하게 출제된 것 아닌가.

　혼조 기즈나는 분명 이러한 출제 경향을 눈치챘을 것이다.

　언제 알아차렸는지는 모르겠다. 마지막 문제 직전일 수도 있고 결승전 초반일 수도 있다. 어쨌든 그는 사카타 야스히코라는 사람을 잘 안다. 사카타 야스히코가 아무런 승산도 없이 생방송 퀴즈 프로그램을 진행할 사람이 아니라는 점을 알았다. 중간부터 여러 번 다소 무모한 타이밍에 버튼을 누른 행위도 자신과 대결 상대와 관련된 문제가 나온다는 확신이 있기 때문 아니었을까.

물론 그래도 마지막 문제를 한 글자도 듣지 않고 버튼을 누른 이유는 아직 모른다. 파악하지 못했지만 답에 점점 가까워지는 기분이었다.

과거 혼조 기즈나는 '자—'까지만 듣고 '끝이 좋으면 다 좋아'를 맞힌 적 있다. 문제 자체보다 문제가 나온 상황이나 문맥을 읽고 풀어낸 정답이었다. 그런 식으로 버튼을 빨리 누르는 데 뛰어난 사람이다. 마지막에 '엄마. 클리닝 오노데라예요'가 출제되리라는 자신이 있었을지도 모른다.

'Q의 모든 것'에 나왔던 문제 목록을 바라봤다. 만약 혼조 기즈나가 'Q-1 그랑프리'의 출제 경향을 파악했다면 그는 어딘가에서 '엄마. 클리닝 오노데라예요' 문제를 만든 적 있거나 출전한 대회에서 만난 적이 있을 터다. 혼조 기즈나가 문제를 만들었다는 이야기는 듣지 못했으니 이 목록 안에 '엄마. 클리닝 오노데라예요' 문제가 포함되어 있을 가능성이 있다.

계속 틀어놓은 영상의 긴 광고 시간이 끝나고 'Q-1 그랑프리'가 다시 시작됐다. 눈을 감고 있는 내 모습이 화면에 나왔다. 나는 머릿속으로 '반드시 이긴다'를 주문처럼 되뇌었다. '심볼리 루돌프'를 맞히고서 1천만 엔을 손에 넣는 사람은 나라고 확인했다.

내 몸 주위에 퀴즈가 맴돌고 있는 느낌이 들었다.

실제로 내 주위에 퀴즈가 맴돌고 있었다.

사카타 야스히코는 우리 손이 닿는 곳에 있는 문제만 냈다.

Q

광고 시간이 순식간에 끝났다.

"문제⋯⋯."

아나운서가 문제를 읽기 시작했다.

"**불교에서 극락정토에 산다고 하며, 그 아름다운 목—**"

혼조 기즈나가 버튼을 눌렀다.

"**가릉빈가.**"

정답.

이제 6대6.

마지막 문제로 넘어갔다.

"문제……."

카메라가 순간 아나운서를 찍었다. 크게 숨을 내쉬고 다음 문제를 읽으려고 입을 다문 순간, 램프에 불이 켜지는 소리가 울렸다.

"엄마. 클리닝 오노데라예요."

혼조 기즈나가 답했다.

정답.

눈 깜짝할 사이에 혼조 기즈나가 우승했다.

나는 그 장면을 여러 번 돌려봤다. 방송이 끝난 뒤에도 본 장면이기 때문에 다른 장면보다 훨씬 더 선명하게 기억한다.

어안이 벙벙한 내가 무대 위에 우뚝 서 있었다. 무슨 일이 일어났는지 파악하지 못한다.

일곱 번째 재생했을 때 나는 사소한 사실을 눈치챘다.

마지막 문제에서 아나운서는 "문제……"라고 말한 뒤 숨을 들이마시며 문제를 말하려고 입을 다물었다.

일본어를 발음할 때 입을 닫은 상태에서 시작하

는 글자는 '마 행[41]'과 '바 행[42]'과 '파 행[43]'뿐이다.

혼조 기즈나는 문제를 한 글자도 듣지 않고 버튼을 눌렀지만, 사실 첫 번째 글자에 대한 정보가 약간 존재했다.

Q

짚이는 바가 있다.

제3회 'Q의 모든 것'에 출제된 문제 목록을 처음부터 조사했다. 제3회 방송은 전부 확인했다. 그때까지 혼조 기즈나는 '지식은 있지만 퀴즈는 전혀 못하는 빛 좋은 개살구 캐릭터'였지만 제4회부터 퀴즈 플레이어로서 두각을 나타내기 시작했다. 제3회 'Q의 모든 것'은 혼조 기즈나라는 퀴즈 플레이어가 탄생하게 된 계기였을 가능성이 컸다.

있다.

이보다 확실할 수는 없었다.

---

[41] 일본어 50음도 중 '마, 미, 무, 메, 모'.
[42] 일본어 50음도 중 '바, 비, 부, 베, 보'.
[43] 일본어 50음도 중 '파, 피, 푸, 페, 포'.

Q. '뷰티풀, 뷰티풀, 뷰티풀 라이프'라는 노래로 친숙합니다. 일기예보 프로그램 '프티웨더' 광고에 나온 적도 있고 독특한 로컬 CF로도 유명한, 야마가타현을 중심으로 네 개 현에 점포를 운영하는 세탁 체인점은 무엇일까요?

　A. 엄마. 클리닝 오노데라예요.

　정답을 맞힌 사람은 혼조 기즈나였다. 편집되어 방송되지 않았지만 제3회 'Q의 모든 것'에 'Q-1 그랑프리' 결승 마지막 문제와 똑같은 문제가 나왔다.

　이 내용을 도미즈카 씨에게 말할까 고민했다.

　도미즈카 씨는 '짬짜미의 증거'라고 주장하리라. 확실히 '짬짜미의 증거'로 나름대로 설득력이 있다. '노지마 단층'과 조합하면 'Q의 모든 것'과 'Q-1 그랑프리'의 연결고리를 의심하는 사람도 분명 늘어날 것이다.

　무엇보다 나는 혼조 기즈나에게 직접 묻고 싶었다. 얼마나 자신이 있어서 문제를 한 글자도 듣지 않고 버튼을 눌렀는지. 마지막에 그 문제가 나오리라는 것을 언제 눈치챘는지.

　진실을 아는 사람은 혼조 기즈나뿐이다. 본인에게 직접 진상을 물을 만큼 정보를 모았다고 생각했다. 그 정보들을 조합한 뒤 내 추리를 붙여 다시 메시지를 보내면 이번에는 답장을 줄지도 모른다. 희미한 기대를 품었다.

혼조 기즈나의 트위터 계정에 접속했다.

몇 시간 전, 그는 한 달 만에 트위터 활동을 했다.

유튜브 채널 '퀴즈왕 기즈나 채널' 개설과 월정 회원제 온라인 살롱 '기즈나의 진심' 개시 소식이 공지되어 있었다.

혼조 기즈나는 무대에서 사라진 것이 아니었다.

새 수입원을 준비하고 있었다.

Q

자주 연락드리네요.

안녕하세요. 미시마 레오입니다.

유튜브 채널 개설과 온라인 살롱 개시를 축하드립니다. 앞으로 보여주실 활약도 기대됩니다.

그건 그렇고 이번에 연락드린 이유는 지난번처럼 'Q-1 그랑프리' 결승전 때의 일에 대해 여쭤보고 싶은 것이 있기 때문입니다. 최근에 혼조 씨가 어떻게 '엄마. 클리닝 오노데라예요'를 대답할 수 있었는지 계속 생각했습니다. 혼조 씨가 지금까지 출연한 방송 영상을 보고 동생 유토 씨에게 이야기도 듣고 'Q-1 그랑프리' 결승전 영상을 보며 제 나름대로 가설을 세웠습니다.

'Q-1 그랑프리'에는 우리 인생과 관련된 문제만 나왔습니다. 결승전 때 출제된 열여섯 문제 중에 적어도 일곱 문제는 예전에 제가 만든 적이 있거나 대회에서 푼적 있는 문제였습니다. 혼조 기즈나 씨도 같지 않을까 생각했습니다. 제가 조금 조사한 것만 해도 세 번째 문제인 '윌리엄 로렌스 브래그', 일곱 번째 문제인 '사이언스', 열 번째 문제인 '노지마 단층', 열여섯 번째 문제인 '엄마. 클리닝 오노데라예요'는 혼조 씨와 관련된 문제였습니다.

지금부터는 제가 추측한 내용을 말씀드리겠습니다.

총연출자인 사카타 씨는 퀴즈 프로그램을 생방송으로 진행할 때 어떻게 하면 분위기를 띄울 수 있을까 고민했습니다. 녹화 방송과 달리 출연자가 정답을 맞히지 못하거나 엉뚱한 오답을 말해도 편집할 수 없으니까요. 생방송이라는 되돌릴 수 없는 상황에서 퀴즈 플레이어들의 환상적인 경기를 시청자들에게 확실하게 보여주기 위해 출연자가 반드시 대답할 수 있는 문제를 준비했습니다.

혼조 씨는 대결 중에 그 법칙을 깨닫지 않았습니까?

마지막 문제를 앞두고 당신은 다음에는 반드시 내가 대답할 수 있는 문제가 나오리라 예상했습니다. 문제가 시작되기 전부터 이미 후보 몇 개를 추렸겠죠.

제가 혼조 씨와 나누고 싶은 이야기는 두 가지뿐입니다.

하나, 무수한 선택지 중 어떻게 '엄마. 클리닝 오노데라예요'를 선택할 수 있었는가.

둘, 혼조 씨의 '문제 듣지 않고 정답 맞히기'를 이해하지 못하는 퀴즈 플레이어가 많습니다. 그중에서도 특히 'Q-1 그랑프리' 준결승에 출연한 퀴즈 플레이어들은 프로그램이 짬짜미였던 것 아니냐며 분노했습니다. 제 나름대로 조사한 결과 짬짜미가 아니었을 가능성을 찾았지만 다른 플레이어들은 여전히 오해하고 있습니다. 어떻게 문제를 한 글자도 듣지 않고 정답을 맞혔는지 혼조 씨께서 직접 설명해 주실 수 있을까요?

바쁘신 와중에 죄송합니다.

편하실 때 답장 주시면 감사하겠습니다.

메일을 보내고 나서 침대에 누웠다. 완전히 녹초가 됐다. 지난 몇 시간 동안 인생을 다시 시작한 기분이었다.

중학생 때 퀴즈 연구부에 들어갈까 고민하던 때

가 떠올랐다. 집에서 학교까지 멀어서 아침 훈련을 해야 하는 운동부는 들어갈 수 없을 것 같았다. 문화 계 동아리를 찾다가 문예부와 퀴즈 연구부를 체험하러 갔다. 방과 후에 퀴즈 연구부에 갔다가 중학교 1학년과 고등학교 1학년 입부 희망자가 퀴즈 대회를 하게 됐다. 고등학교 1학년 신입 부원 중에 퀴즈 경험자가 있어서 그 사람이 문제 대부분을 맞혔다. 마지막 문제에서 "살라자르 슬리데린, 로웨나—"까지 들렸을 때 고등학교 1학년 퀴즈 경험자가 버튼을 눌렀다.

"해리 포터."

오답이었다. 나도 버튼을 누르려고 했다는 것을 눈치챈 다카하시 선배가 물었다.

"미시마도 버튼 누르려고 했지?"

"네."

"무슨 답을 말하려고 했어?"

"호그와트 마법학교."

딩동댕.

"왜 그렇게 생각했어?"

다카하시 선배가 물었다.

"다음에 로웨나 레번클로가 나올 거라고 생각해서요."

"슬리데린, 레번클로를 듣고 감이 왔다고?"

"네. 호그와트를 설립한 멤버잖아요."

"대단하다. 센스가 있네."

다카하시 선배가 말했다.

내 귓가에 '딩동댕' 소리가 계속 울렸다. 집에 돌아온 뒤에도, 침대에 누워서도 계속 울렸다.

'나보다 세 살이나 많은 사람도 이길 수 있구나.'

그렇게 나는 퀴즈 연구부에 들어갔다.

입학 전 봄방학 때 읽은『해리포터』시리즈가 퀴즈에 나왔고 어쩌다가 정답을 맞힌 것을 계기로 퀴즈를 시작하게 됐다. 내가 퀴즈를 계속할 수 있던 이유는 퀴즈를 통해 나 자신을 긍정할 수 있기 때문이었다. 그런 과거를 다시 떠올렸다.

잠시 잠이 들었다.

메일이 도착한 소리에 깼다.

─직접 만나서 이야기하고 싶습니다.

혼조 기즈나의 답장이었다. 오후 7시가 지난 시간, 에이후쿠초의 맨션에서 창밖을 확인하니 주변은 이미 어두워진 후였다.

─꼭 부탁합니다.

답장을 보냈다.

─오늘 밤은 시간 어떠신가요?

답장이 왔다.

—괜찮습니다.

세면대에서 세수를 하며 답장했다.

혼조 기즈나가 레스토랑 URL을 보냈다. 오늘 아침 발표한 유튜브 채널의 스튜디오 근처에 있다고 했다.

레스토랑은 요요기 공원에 있었다. 지하철 이노카시라선을 타고 시모키타자와역에 내려 오다큐선으로 갈아탔다.

혼조 기즈나는 세련된 이탈리안 레스토랑 안 개별룸에서 기다리고 있었다.

"음료 마시겠어요?"

그가 물었다. 나는 메뉴에서 흑우롱차를 발견하고 주문했다. OTPP를 섭취하고 싶었다.

"미시마 씨의 추측은 한 가지만 빼고 다 맞아요."

스마트폰으로 누군가에게 연락하고 나서 고개를 들더니 내게 말했다.

"한 가지요?"

"네. 출연자가 반드시 대답할 수 있는 문제를 준비했다는 사실을 내가 대결 중에 깨달았다고 미시마 씨는 추측했죠. 하지만 실제로 나는 방송 전부터 예상했어요."

"'Q-1 그랑프리'가 시작되기 전부터 그런 문제가 나오리라 짐작했다고요?"

"네. 그래서 출연자 전원을 분석했어요. 대결 상대가 어떤 분야에 강한지, 어떤 식으로 버튼을 누르는지, 최근 대회에서는 어떤 문제를 맞혔는지 그런 점을 위주로 조사했죠. 출연자들이 아는 문제가 고르게 나온다면 이기기 위해서는 상대방을 위해 준비된 문제를 맞혀야 하니까요."

혼조 기즈나는 표정 하나 바꾸지 않고 말했다.

"저도 조사했습니까?"

"물론 미시마 씨도 조사했어요. 예를 들어 '안나 카레니나' 문제나 '심볼리 루돌프' 문제는 예습한 범위에서 출제됐죠. 그래서 저도 버튼을 제법 빨리 눌렀지만 미시마 씨가 너무 빨라서 놓치고 말았어요. 초반부터 열세였기 때문에 후반에는 위험을 감수하고 더 빨리 버튼을 누르기로 했죠."

"그랬군요."

"언더테일은 분명 나를 위한 문제였을 거예요. 예전에 퀴즈 프로그램에서 정답을 맞힌 적이 있거든요. 하지만 문제의 문형이 달랐던 탓에 다른 선택지와 정답 사이에 고민하다가 대답하지 못했어요."

"나도 예전에 직접 만들었던 문제인 '휘종'을 놓

쳤어요."

"뭐, 그런 일이 서로 공평하게 일어난 덕분에 6대
6으로 마지막 문제까지 갔겠죠."

"그래서 어떻게 '엄마. 클리닝 오노데라예요'라
고 답할 수 있었나요?"

점원이 내온 흑우롱차를 한 모금 마시고 본론을
꺼냈다. 혼조 기즈나는 화이트 와인을 마셨다.

"미시마 씨는 내가 중학교 3학년 때까지 야마가
타현에 살았다는 걸 아세요?"

"네. 유토 씨에게 들었습니다."

"나는 중학교 1학년 때 반년 정도 학교에 가지 않
았어요."

"인터뷰 기사에서 봤어요."

"그 기사를 봤다면 이야기가 빠르겠네요. 학교폭력
을 당했습니다. 아직도 그때를 생각하면 괴로워요."

"힘든 일을 겪으셨네요."

"『곰의 장소』라는 소설 아세요?"

"마이조 오타로 씨 작품 말입니까?"

혼조 기즈나는 제2회 'Q의 모든 것' 첫 번째 스테
이지에서 마이조 오타로의 『아수라 걸』 문제를 맞혔
다. 그 회차에서 정답을 맞힌 문제는 그것뿐이었다.

"네. 마이조 오타로요. 『곰의 장소』 주인공의 아

버지는 미국 유타의 원시림에서 거대한 곰에게 습격당해 함께 있던 호주인을 남겨 두고 간신히 국도에 세워둔 지프로 도망쳐요. 무선으로 지원을 요청하고 문과 창문을 잠그고 운전대에 머리를 처박고 이렇게 생각합니다. 이러다가는 무서워서 다시는 산속에 못 들어가겠구나."

"네."

나도 꽤 오래전에 그 소설을 읽은 적이 있다.

"주인공의 아버지는 대시보드에 있던 권총과 뒷좌석에 있던 삽을 들고 곰이 있던 곳으로 돌아갑니다. 그렇게 곰과 대치하죠. 총알이 떨어질 때까지 총을 쏘고 삽 끝으로 곰 머리를 찔러 마침내 곰을 쓰러뜨려요. 그 덕분에 주인공의 아버지는 다시 숲으로 들어갈 수 있게 되죠."

"그랬죠."

고개를 끄덕이며 떠올렸다. 자세한 내용은 기억나지 않지만 분명 그런 내용이었다.

"'곰의 장소'란 온갖 공포의 근원을 뜻해요. 그곳에서 운 좋게 도망쳐서 안전을 확보했다고 해도 곰의 장소는 마음속에 계속 남아 있죠."

"누구에게나 곰의 장소가 있지 않을까요?"

"맞아요. 내게는 야마가타가 곰의 장소였어요. 곰

의 장소를 없애려면 곰의 장소로 돌아가야 해요. 돌아가서 내 손으로 직접 곰을 물리쳐야 해요."

"그래서 반창회 때 야마가타로 돌아갔군요?"

말실수였다. 유토에게 들은 이야기였지만 이 이야기는 입 밖으로 꺼내지 말았어야 했다.

"유토에게 들었어요?"

"네."

"확실히 야마가타로 돌아가 반창회에 참석했죠. 내 곰의 장소와 마주하려고. 하지만 곰의 장소는 사라지지 않았어요. 내게 곰의 장소는 단순히 나를 괴롭히던 아이들이 있는 장소가 아니었거든요."

나는 말없이 고개를 끄덕이면서 다음 말을 기다렸다.

"학교폭력을 당해서 스스로 자신감을 가질 수 없었던 것이 곰의 장소였어요."

"스스로 자신감을 가질 수 없게 되었다고요?"

"네. 내가 왜 따돌림을 당했을까. 중학생이었던 나는 필사적으로 생각했죠. 그 결과 내가 모르는 사이에 실수를 저질렀기 때문이라고 결론을 내렸어요. 스스로에게 자신감을 잃었죠. 다른 사람이 하는 말을 듣고 다른 사람이 바라는 모습을 연기하게 됐습니다. 아버지가 말씀한 대로 공인회계사 자격증을 따고 도쿄대 이과 삼종에 입학했어요. 그런 삶의 방식은 TV에 출연하고부터 도움이 됐습니다. 방송이 필요로 하는 역할을 맡게 되면서요. 그 안에서 최선을 다했죠. 곰의 장소를 없애지 못한 저는 그런 삶을 택할 수밖에 없었어요."

"그랬군요."

혼조 기즈나의 눈에 어렴풋이 눈물이 고였다는 사실을 눈치챘다.

"퀴즈였어요. 퀴즈가 나를 구원했어요."

"'엄마. 클리닝 오노데라예요' 말인가요?"

나는 안다.

퀴즈가 자신의 인생을 긍정해 준다는 것이 무엇인지.

"네."

눈물이 혼조 기즈나의 뺨을 타고 턱으로 흘러내렸다.

"'Q의 모든 것' 3회를 녹화할 때였어요. 두 번째 스테이지에서 '엄마. 클리닝 오노데라예요' 문제를 맞혔죠. '엄마. 클리닝 오노데라예요'는 야마가타현을 중심으로 운영하는 세탁 체인점이에요. 야마가타현에 살지 않았다면 정답을 맞힐 수 없는 문제였어요. 딩동댕 소리를 들었을 때 나도 모르게 울고 말았죠. 퀴즈가 내 인생을 긍정했거든요. 인생의 오점이라고 생각했던 야마가타 시절의 내게 '정답이었다'라고 가르쳐줬어요. 내 곰의 장소를 없애줬어요."

"그걸 계기로 진심으로 퀴즈 공부를 시작했군요?"

"맞아요. 저는 퀴즈의 진정한 매력을 깨달았어요. '엄마. 클리닝 오노데라예요'라고 대답한 날부터 죽을힘을 다해 퀴즈 공부를 했습니다."

"그런 사연이 있었기에 마지막 문제에서 '엄마. 클리닝 오노데라예요'라고 답할 수 있었군요?"

"네. '엄마. 클리닝 오노데라예요' 문제가 방송되지 않은 이유는 녹화 중에 제가 갑자기 울어서였어요. 사카타 씨는 당연히 그 일을 알고 있었죠. 그 문제를 계기로 제가 진심으로 퀴즈 공부를 하게 됐다는 것도 알았을 거예요. 그래서 마지막 문제로 '엄마, 클리닝 오노데라예요'가 나오지 않을까 예상했습니다. 사카타 씨라면 분명 그 문제를 내지 않을까 하고. 문제를 읽는 아나운서가 입을 다문 순간 저는 문제 첫 글자가 '뷰'라고 확신해 버튼을 눌렀어요."

"그렇게 된 거군요."

혼조 기즈나는 고개를 숙이고 있었다. 나는 흑우롱차를 다 마셨다. 그의 앞에는 마시다 남은 화이트와인이 있었다. 흑우롱차에는 OTPP가 들어 있는데 화이트 와인에도 폴리페놀이 함유됐다. 레드 와인에 비하면 절반 이하지만 몸에 흡수되는 양이 많다는 설도 있다.

와인 관련 퀴즈를 만든 적이 있어서 그 분야 지식을 그럭저럭 안다. 샴페인과 스파클링 와인의 차이는 무엇일까? 샴페인은 '샹파뉴'에서 유래된 말로 프랑스 샹파뉴 지방에서 생산된 스파클링 와인을 가리킨다.

"이런 스토리는 어떤가요?"

혼조 기즈나의 목소리에 정신이 들었다. 혼조는 고개를 들고 눈물을 닦고 있었다. 입가에 희미하게 미소를 짓고 있다는 사실을 깨달았다. 영문을 알 수 없어 얼빠진 목소리로 되물었다.

"네?"

"'엄마. 클리닝 오노데라예요'의 진상 말이에요. 방금 이야기 감동적이었어요?"

"네, 감동적이었는데……. 무슨 말씀이시죠?"

혼조 기즈나는 여전히 희미하게 웃음 지었다.

"제가 유튜브 채널을 개설한 건 아시죠?"

"네. 트위터에서 봤습니다."

"다음 달에 'Q-1 그랑프리' 무대 뒷이야기에 대해 미시마 씨와 이야기 나누는 영상을 찍고 싶은데 거

기서 지금 나눈 이야기를 하려고요. 어때요? 방금 이
야기, 영상을 본 사람들은 감동받겠죠?"

"잠시만요. 무슨 말씀을 하시는 건지 이해가 안
가는데요."

"방금 말한 그대로예요. 아, 물론 출연료도 드릴
거예요."

"거짓말이었습니까? 퀴즈에 구원받았다는 이야
기는 영상 제작용으로 꾸며낸 이야기였어요?"

"완전히 거짓은 아니에요. 상당 부분 진실이 포함
되어 있죠. 야마가타 시절 따돌림을 당했던 일도 사
실이고 3회 'Q의 모든 것'을 녹화할 때 '엄마. 클리
닝 오노데라예요' 문제가 나온 것도 사실이에요. 그
때 내가 정답을 맞힌 것도, 그 장면이 편집된 것도 사
실이고요."

"혼조 씨가 정답을 맞히고서 울었다는 이야기는
요?"

"그건 지어낸 이야기예요."

"퀴즈가 내 인생을 긍정한다고 느꼈다는 이야기
는?"

"사실이기도 하고 거짓이기도 해요. '엄마. 클리
닝 오노데라예요'의 정답을 맞히고 나서 나는 '야마
가타에 살았기 때문에 정답을 알았다'라고 말했죠.

진행자는 '자신이 살았던 지역 문제밖에 못 맞히느냐'며 면박을 줬어요. 야마가타는 내게 복잡한 추억이 서린 땅이에요. 그래서 상황에 맞지 않게 발끈하는 바람에 스튜디오 분위기가 이상해졌죠. 녹화가 끝난 뒤에 사카타 씨가 그런 태도를 보이면 다시는 저를 안 쓰겠다고 말했어요."

나는 할 말을 잃었다. 아연한 채로 혼조 기즈나가 화이트 와인을 다 마시는 모습을 바라봤다. 점원이 새 와인과 흑우롱차를 주고 갔다.

"그럼 왜 퀴즈 공부를 해야겠다고 생각했습니까?"

제3회 'Q의 모든 것'을 계기로 혼조 기즈나가 퀴즈계에서 은퇴했다는 이야기였다면 이해할 수 있지만 그는 그런 일을 당하고서 퀴즈 공부를 시작했다. 이해할 수 없었다.

"이대로 면박당하는 캐릭터로 쭉 밀고 가기에는 한계가 있다고 생각해서 퀴즈 공부를 시작했어요."

당연하잖아요, 라는 얼굴로 말했다. 나는 자신도 모르게 물었다.

"왜 그렇게까지 해서 TV 출연에 집착했습니까?"

처음부터 끝까지 이해할 수 없었다.

"오늘을 위해서요. 인지도를 높여서 유튜브 구독자와 온라인 살롱 가입자를 늘리려고요."

226

"그렇다고 문제를 한 글자도 듣지 않고 버튼을 누를 필요는 없지 않았습니까. 실제로 나는 '엄마. 클리닝 오노데라예요'를 몰랐어요."

"당연히 그렇게 빨리 눌러서 정답을 맞히면 짬짜미라고 의심하는 사람이 생길 수 있다는 점도 고려했죠. 하지만 그래도 상관없었어요. 'Q-1 그랑프리'를 마지막으로 활동 중심지를 유튜브와 온라인 살롱으로 옮기기로 정했거든요. 그때 필요한 것은 누구에게나 통하는 '마법'이죠. 이제 TV에는 미련 없습니다. 상금도 필요 없고요. 약간 노이즈 마케팅이라도 다음 사업을 위해 임팩트 있는 장면을 연출하고 싶었어요."

"그렇습니까. 혹시 '엄마. 클리닝 오노데라예요'가 정답이 아니었다면 어떻게 할 생각이었습니까?"

"꽤 확신이 있어서 버튼을 눌렀어요. 사카타 씨는 심술궂어서 'Q-1 그랑프리' 어느 시점에 반드시 '엄마. 클리닝 오노데라예요' 문제를 내리라 생각했거든요. 나를 괴롭히려고 말이죠. 그래서 정답을 맞힐 수 있었어요. 물론 만약 틀려도 그리 큰 문제는 아니라고 생각했습니다. 우승이 걸린 문제에서 한 글자도 듣지 않고 버튼을 누른다? 그 자체로도 나름 화제가 되리라 판단했죠."

"상금을 반납한 이유는 무엇입니까?"

"반납하는 편이 이득이라고 판단했으니까요. 당장 눈앞에 보이는 돈에는 관심 없어요. 제 목표는 훨씬 높은 곳에 있거든요."

"그렇군요."

나는 고개를 끄덕이면서 무력감에 휩싸였다.

'Q-1 그랑프리'는 짬짜미도 마법도 아니었다.

그러나 내가 아는 퀴즈도 아니었다. 혼조 기즈나는 '퀴즈 프로그램'의 본질을 이해하고 그 구조를 풀었다. 어떤 문제가 나오는지 꿰뚫어 보고 맞혔다. 모든 퀴즈에 의도가 있는 한 짬짜미는 아닐지언정 내가 믿던 퀴즈도 아니다.

이것은 무엇이었을까.

굳이 따지자면 사업이었을까.

"영상 제목은 이미 정했어요."

혼조 기즈나가 말했다. 'Q-1 그랑프리 무대 뒤의 모든 것-전설의 문제 안 듣고 정답 맞히기의 비밀을 전부 밝힌다'라고 했다.

"미시마 씨도 유튜브를 시작하려면 바로 지금이에요. 'Q-1 그랑프리' 덕분에 팔로워가 늘었고 열성팬도 붙었잖아요. 저와 콜라보하면 구독자를 늘릴 수 있을 겁니다. 미시마 씨가 우리 채널에 출연해 준다면 저도 미시마 씨 채널에 나갈게요."

"생각 좀 해보겠습니다. 오늘 시간 내 이야기 해
주셔서 감사합니다."

나는 자리에서 일어나며 말했다.

생각해 보겠다고 했지만 혼조 기즈나의 유튜브에
출연할 마음은 추호도 없다. 이 자리에서 거절하다
가 더러운 말이 튀어나올 것 같아 대충 얼버무렸을
뿐이다.

레스토랑 룸을 나왔다.

두 번 다시 혼조 기즈나와 만나지 않을 것이다.

Q

나는 퀴즈 안에서 퀴즈를 바라봤다.

오랫동안 퀴즈를 해온 탓에 나는 퀴즈 한가운데
에 가깝게 서 있었다. 그래서 퀴즈는 지식을 바탕으
로 상대보다 빠르고 정확하게 논리적으로 사고하여
정답에 도달하는 경기라고 생각했다. 지금도 그렇게
생각한다.

하지만 밖에서 보면 다를 것이다. 퀴즈는 마법이
다. 미래를 예측하는 예언자며 상대의 생각을 읽어

답을 맞히는 멘탈리스트 같은 존재다. 그렇지 않으면 몇 글자 듣지도 않은 문제의 정답을 맞힐 수 없다. 퀴즈 플레이어는 자각하지 못하는 사이에 '요령도 기술도 없습니다'라는 얼굴을 해 왔다. 그리고 정말로 아무 요령도 기술도 없다고 믿는 사람들이 있다.

혼조 기즈나는 그 간극을 이용했다. 일부러 마법을 각인시켜 많은 사람을 홀렸다. 시청자가 그에게 품은 환상은 돈벌이를 위한 커다란 무기였다. 그의 머릿속에는 세상 그 자체가 존재하고 검색하기만 하면 쉽게 답을 찾을 수 있다. 이 세상에 모르는 것 따위 없다. 모든 것이 자명하고 모든 것이 그의 손안에 있다. 그는 퀴즈와 만났다. 그리고 탁월한 기억력을 무기로 마법사가 됐다.

나는…….

나는 분명 그런 환상을 견딜 수 없을 것이다. 망상으로 만들어진 캐릭터를 연기하지 못하고 환상을 유지하려고 자신의 마음을 숨길 수도 없다. 그래서 TV 스타는 될 수 없다.

나는 그저 퀴즈를 좋아하는 마니아일 뿐이다. 오로지 자기 자신을 위해 정답을 쌓는다. 다른 누군가를 위해……, 시청자를 위해 퀴즈를 할 수는 없다.

혼조 기즈나의 트위터 계정에 접속했다. 유튜브 채널을 개설하고 온라인 살롱을 시작한다고 공지한 트윗은 하룻밤 사이에 2만 명이 리트윗했다.

—꼭 구독할게요.

이런 답글이 몇백 건, 몇천 건이나 달렸다.

그의 팬들이 내게 '패배를 인정하지 못하고 딴지를 건다', '상금을 받지 못해 실망했냐'고 했던 말을 기억한다. 혼조 기즈나가 한 달 전에 내가 보낸 메시지를 무시한 채 팬들에게 둘러싸여 새로운 사업을 준비하던 것을 기억한다.

나 자신에게 실망했다.

나도 혼조 기즈나의 팬들과 다르지 않을지도 모른다. 그가 SNS에서 침묵하는 것은 나름대로 반성하기 때문이리라 생각했다. 그래서 그를 이해하려고 했고 마지막 문제가 짬짜미가 아니었을 가능성을 조사했다. 하지만 그것은 내 멋대로 만들어 낸 '혼조 기즈나'라는 우상에 불과했다. 그는 침묵하는 동안 차근차근 다음 사업을 준비했다. 그 사업을 위해 'Q-1 그랑프리'와 나를 이용했다.

나는 내가 믿는 퀴즈를 했다. 정확히는 논리적으로 정답을 도출하는 퀴즈를 했다.

혼조 기즈나의 퀴즈는 '퀴즈로 먹고사는 것', '퀴즈로 돈을 버는 것'이 목표다.

그리고 혼조 기즈나는 나를 뛰어넘었다.

'Q-1 그랑프리'와 혼조 기즈나를 머리에서 쫓아냈다. 아주 오래전 퀴즈를 잘하려고 '창피하다'는 감정을 버렸을 때처럼 남김없이 깨끗하게 잊어버렸다. 혼조 기즈나가 선택한 길 또한 퀴즈의 답 중 하나라고 생각했기 때문이다. 그는 이제 내 안에 존재하지 않는다.

나는 다음 주로 다가온 오픈대회 준비를 시작했다.

문제집을 푼다. 퀴즈 공부를 한다.

퀴즈 플레이어로서 보내던 일상을 되찾았다.

정답을 쌓아갔다.

문제 출제자는 누구이고 어떤 문제를 낼까 하는 생각이 아주 조금 머릿속을 스쳤다. 나는 그 생각을 쫓아내려고 했다.

예전보다 조금 더 강해진 기분이다. 전보다 조금 더 퀴즈가 좋아졌고, 조금 더 퀴즈가 싫어졌다. 세상에는 아직 내가 모르는 퀴즈가 존재한다고 생각하기로 했다.

무언가를 안다는 것은 그 너머에 모르는 것이 있다는 사실을 아는 것이다.

"문제……"

머릿속에서 목소리가 들렸다.

"퀴즈란 즉 무엇일까요?"

버튼을 눌렀다.

"퀴즈란 인생이다."

아무리 기다려도 딩동댕 소리는 울리지 않았지만 정답이라는 확신이 들었다.

백 퍼센트 확신했다.

퀴즈 덕후의 순정에서 찾는
인생이라는 퀴즈

누구나 '덕후'라는 단어를 한 번쯤 들어봤을 것입니다. 철도 덕후, 아이돌 덕후, 해리포터 덕후, 추리 소설 덕후……

덕후는 일본어인 '오타쿠'가 한국식으로 변형되면서 만들어진 단어입니다. 어떤 분야에 흥미를 느껴 시간, 돈, 열정을 쏟아부으며 몰두하는 사람을 긍정적으로 표현하는 신조어인데 그래서 관심 분야에 대해 전문가 수준인 사람이 많습니다. 우리에게 덕후는 더 이상 낯선 존재가 아닙니다. 아마 지금 이 책을 읽으신 독자 여러분도 무언가의 덕후이리라 생각합니다.

그렇다면 이 작품을 더욱 재밌게 읽으셨을까요? 이 책은 바로 퀴즈 덕후의 이야기니까요.

미시마 레오는 중학교 1학년 때 퀴즈 연구부 동아리에 들어가면서 퀴즈와 처음 만나게 된 퀴즈 덕후입니다. 그때부터 그의 인생은 줄곧 퀴즈와 함께였습니다. 성인이 되어 사회인이 될 때까지도 계속할 정도로 퀴즈에 대한 열정과 사랑이 넘치는 진정한 덕후입니다.

　　그렇게 참가한 TV 퀴즈 프로그램 'Q-1 그랑프리'. 미시마 레오는 그 퀴즈 대결에서 치열한 경쟁을 뚫고 결승전 무대에 오르게 됩니다. 결승전 상대는 혼조 기즈나였죠. 혼조 기즈나는 여러 TV 퀴즈 프로그램에 출연해 상상을 초월한 기억력을 뽐내며 유명해진 인물로, '세상을 머릿속에 저장한 남자'라고 불리는 사람이었습니다. 미시마 레오를 비롯한 퀴즈 플레이어들은 그를 퀴즈 플레이어가 아닌 방송인이라고 생각합니다.

　　그런데 전국 생방송으로 진행되는 'Q-1 그랑프리'의 결승전 마지막 문제에서 믿기 힘든 일이 일어납니다. 우승자를 가리는 마지막 문제에서 아나운서가 문제를 채 읽기도 전에, 혼조 기즈나가 문제를 한 글자도 듣지 않고 정답을 맞힌 것입니다. 그렇게 혼조 기즈나가 우승을 차지하게 되고 미시마 레오는 당연히 '짬짜미'를 의심합니다. 자신이 사랑하는 퀴즈가 더럽혀졌다는 분노에 혹시 상금 1천만 엔을 받을 수 있을까 하는 마음까지 더해 미시마 레오는 혼조 기즈나가 어떻게 마지막 문제를 한 글자도 듣지 않고 맞혔는지 밝혀내기로 합니다.

그 집요한 과정을 흥미롭게 그린 이야기가 바로 『너의 퀴즈』입니다. 퀴즈로 세상을 기억하는 미시마 레오는 그 과정에서 자신의 인생을 되돌아보게 되고 저마다 '퀴즈'의 의미가 다를 수 있다는 사실을 깨닫습니다. 그리고 자신에게 '퀴즈'란 무엇인지 진실로 마주하게 됩니다.

이 책의 제목인 『너의 퀴즈』는 혼조 기즈나의 퀴즈와 자신의 퀴즈를 분석해 가며 퀴즈의 의미를 찾는 미시마 레오의 이야기를 뜻하기도 하지만, 한편으로는 이 책을 다 읽고 난 독자들에게 '당신의 퀴즈는 무엇인지, 인생은 무엇인지' 묻는 '퀴즈'라고도 생각합니다.

우리는 매 순간 과거 경험을 토대로 답을 찾아갑니다. 그렇게 인생이라는 정답 없는 퀴즈를 풀어가는 도전자입니다. 그래서 퀴즈 플레이어들이 경험에서 얻은 지식으로 정답을 찾는 과정을 보여주는 『너의 퀴즈』가 인생과 비슷하다고 느껴져 더 매력적으로 다가오는지도 모릅니다.

오가와 사토시의 소설 『너의 퀴즈』는 무언가를 새롭게 알게 되면서 그 너머에 있는 그동안 몰랐던 세계를 어떻게 알아가는지, 또 그 세계가 어떻게 변해가는지 그린 작품입니다.

"사물을 알면 알수록 내가 세상의 무엇을 모르는지 알게 된다. 그것이 바로 '안다는 것'의 중요성이라고 생각한다. 지식을 얻음으로써 세상을 바라보는 시각과 지식체계가 다이나믹하게 변한다. 그럼으로써 인간은 퇴보하지 않는다."

오가와 사토시는 이런 철학을 『너의 퀴즈』에 담고 싶었다고 합니다.

최근 일본에서 매우 주목받는 작가를 거론할 때 오가와 사토시를 빼놓을 수 없습니다.

『너의 퀴즈』로 국내 독자와 처음 만난 오가와 사토시는 2015년, 프라이버시를 포기하는 대신 안정된 삶을 사는 사람들의 이야기를 그린 디스토피아 소설 『유트로니카의 이편』으로 하야카와 SF 콘테스트 대상을 수상하며 데뷔했습니다. 줄곧 SF 소설을 집필한 작가는 2017년, 캄보디아의 참담한 현대사를 다룬 두 번째 SF 장편소설 『게임 왕국』으로 제38회 일본 SF 대상과 제31회 야마모토 슈고로상을 수상하며 주목받습니다. 이후 2019년에는 세 번째 작품 단편집 『거짓과 정전』으로 제162회 나오키상 후보에 오릅니다.

2022년에는 두 작품을 발표했는데 바로 『지도와 주먹』과 『너의 퀴즈』입니다. 오가와 사토시는 『지도와 주먹』으로 마침내 제168회 나오키상을 수상하고 제13회 야마다 후타로상까지 거머쥡니다. 『지도와 주먹』은 1899년부터 1955년까지 '만주'의 가상 국가를 배경으로 펼쳐지는 다양한 사건과 인간 군상을 대하드라마처럼 풀어낸 SF 소설입니다. 도시의 출현과 소멸을 실제 역사적 사건들과 적절하게 버무려 다양한 인물의 운명과 함께 그려낸 걸작이라는 평을 받았습니다.

그리고 하반기에 출간한 『너의 퀴즈』는 2023년 제76회 일본추리작가협회상을 수상했고, 2023년 서점대상 6위에 올랐습니다. 이 작품은 '퀴즈'라는 소재 하나로 이렇게까지 깊고 진한 이야기를 풀어낼 수 있는 작가의 재능에 다시 한번 감탄하게 한다는 점에서 매우 뛰어납니다. 『너의 퀴즈』를 처음 읽었을 때 이 독특한 작품의 장르는 무엇일까 고민했습니다. 그러다가 이내 '오가와 사토시'라는 장르가 아닐까 하는 생각이 들었습니다. 지금까지 우리가 읽어온 엔터테인먼트 소설과는 결이 다른, '지식 엔터테인먼트 소설'이라는 또 다른 장르를 만들어낸 오가와 사토시가 이 작품으로 미스터리 소설의 새로운 이정표를 제시했다고 생각합니다.

자신만의 장르를 구축해 가는 이 젊은 작가의 미래가 더욱 기대되는 이유입니다.

2023년 여름
문지원

너의 퀴즈
君のクイズ
YOUR OWN QUIZ

1판 1쇄 발행 2023년 8월 21일   1판 2쇄 발행 2023년 9월 15일

지은이 오가와 사토시   옮긴이 문지원

편집인 민현주   디자인 알음알음   제작 송승욱
마케터 유인철   발행인 송호준
발행처 블루홀식스   출판등록 2016년 4월 5일 제 2016-000100호
주소 경기도 파주시 회동길 483-1   전화 031-955-9777   팩스 031-955-9779
이메일 blueholesix@naver.com

ISBN 979-11-93149-03-4 03830